妖王的報恩

卷三・羈絆

龔心文 著

高寶書版集團

第一咒〈渡朔與胡青〉

目錄

第一咒〈渡朔與胡青〉

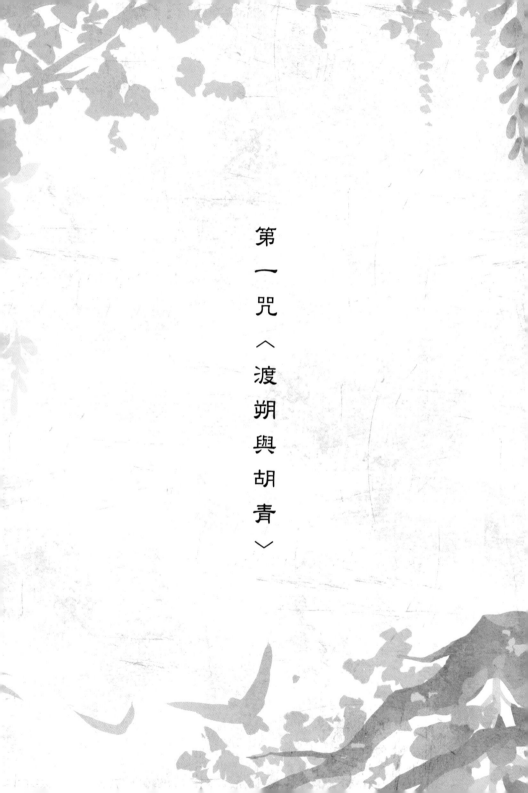

第一章　拯救

渡朔突然到來又突然消失，徒留一地凌亂的腳印，和幾點觸目驚心的血跡。敞開的屋門空蕩蕩的，門外是一片濃黑的暗夜，被夾在其中的白雪於茫茫天地中捲過。

最快反應過來的是胡三郎，它迅速將阿青抱進屋裡安置妥當，清創、上藥、包紮，手腳麻利，一氣呵成，最後守在床邊。它拉住阿青的手，小小的耳朵低垂著，一臉擔憂地看著受傷的同伴。

它還是當年那副小小少年的模樣，和袁香兒十年前在牆頭相遇之時一模一樣。

袁香兒還記得，當時年幼的自己趴在吳道婆家的牆頭上，饒有興致地看著院子裡的吳道婆表演跳大神。窸窸窣窣的聲音突然響起，壓著牆頭的石榴樹枝條被頂起，鑽出了一個粉妝玉砌的小娃娃，白白嫩嫩的臉蛋，明亮的大眼，一雙毛茸茸的狐狸耳朵頂在腦袋上。

「咦，人類的小孩？妳看得見我嗎？」

年幼的袁香兒眨了眨眼，知道已經來不及假裝看不見了。

兩個小娃娃大眼瞪小眼地看了一會兒，被院子裡唱念俱佳的表演轉移了注意力，各自趴在牆頭看表演去了。小狐狸邊看邊吃著從袖子裡摸出來的板栗，見袁香兒頻頻張望，以為她嘴饞，便用圓滾滾的小手攥起一顆裂開的板栗遞給她。

「分妳一個。」

從那之後，袁香兒看戲的牆頭上便時常冒出一對狐狸耳朵，或是一隻怯生生的小兔子，有時候還有一隻帶著難聞氣味的黃鼠狼。

她也因此時常收到板栗、榛子、蘑菇、胡蘿蔔以及老鼠乾等「零食」。

當時，這些混跡在人類村莊裡玩耍的小妖精天真又單純，生活得無憂無慮。袁香兒十分喜歡它們。

如今外貌還是一模一樣的小男孩，卻精通人類的法則和事故，學會取悅他人和察言觀色，熟練且沉穩地照應受傷的同伴。

袁香兒很早就聽過三郎它們遭遇圍剿和屠殺，不得不從村子裡逃出來，過上四處逃亡的生活。但直到這一刻，那些浮於表面的故事彷彿突然被揭掉迷濛一片的面紗，變得清晰而真實。

那怯生生卻總喜歡悄悄偷看自己的兔子姑娘，那個動不動就放一個臭屁、熏得自己不得不捏起鼻子的小黃鼠狼，是不是都已經被人類的法師釘在法陣中，剝下皮毛，死在毫無意義的殺戮裡？

第二日一早，為了不被洞玄教發現，袁香兒一行早早啟程，坐上馬車離開京都。

胡青已經醒來，它將那件破舊的長袍披在頭上，沉默地坐在車窗邊。

透窗而入的晨曦裡，螓首低垂，秋瞳含悲，似一枝歷經風雨的空山幽蘭，天教憔悴度芳姿。

「阿青，發生什麼事了？」袁香兒坐在它身邊問道。

「都是我的錯，是我害了大人。」胡青閉上雙眼，一滴清澈的淚珠從空中滴落，「我藏身京都多年，自以為沒人能夠識破我的真身。兩日前，在太師的壽宴上，我明明聽說妙道真人要來，卻心懷僥倖，想要躲在角落裡，悄悄看上渡朔大人一眼。」

「我自己被發現也就罷了，左右不過身死魂滅，沒想到大人它……它還是和從前一般心軟，拚盡全力將我救出來。」它雙手捂住面孔，大滴大滴的眼淚從指縫中流出，「大人拚命抵抗契約的束縛，帶著我東躲西藏，拒絕主人的召喚，那鐵鍊一直在它的身軀裡拉動，不知讓它受了多少罪。這次回去，還不知道那個人類要如何折磨它。為什麼不讓我死了算了，我真是痛恨我自己。」

袁香兒幫它把快要滑落的長袍扯好，那件殘破的衣袍在入手時卻極其輕柔細膩，隱約有層層疊疊的美麗紋路，顯然不是凡物。

「別這樣，阿青。渡朔將它的衣袍留給妳，是希望護妳平安。它為了救妳，犧牲頗大，妳更不能辜負它一番心血。」

胡青緊握住長袍的衣領，眼淚一滴一滴地往下掉。

「我第一次見到大人的時候，它就是穿著這件羽衣，把我從獵人的陷阱中提出來，笑著對我說，『快跑吧，小傢伙，下一次我就不管妳了』。可是，它下一次還是選擇管我。」

胡青用臉頰輕輕摩挲著柔軟的衣料，回想起山林中那位溫柔的山神大人，「那時候這件衣服是多麼的漂亮，潔白的紋路，光華流轉，穿在大人的身上，就像是從天而降的神靈。」

它就是神靈，永遠都是它的神靈。

小狐狸開始喜歡從家中偷溜到山神廟來玩，廟裡時常有許多人類進出，他們端著祭品香燭，跪在神像前祈禱。

人類的願望總是無窮無盡，想要生一個男孩，想要娶一名媳婦，想要金榜題名，想要明年不乾旱，全都來祈求山神大人。他們也不想想，山神大人怎麼可能替他們生孩子，娶媳婦，上考場呢？

但是那些人類看不見山神大人，山神大人在這個時候總是饒有興致地支著下顎，坐在一旁，聽他們說話。大部分的時候都不太搭理他們，但偶爾也會替他們做一兩件能力所及的事。例如降下雨露滋潤乾旱的田野，或是控制妖獸，不讓它們去破壞田地。

阿青常常忍不住偷吃一些人類送來的祭品，人類的食物真的很好吃。

渡朔大人也只是笑著捏住它的後脖頸，把它提起來，「不能再吃了，再吃下去，妳都要胖成球了。」

但阿青下一次還是會偷吃。

它漸漸喜歡上了渡朔大人，山林裡喜歡大人的妖精太多了，大人的身邊總會圍繞著各式各樣的小妖精。

渡朔大人最喜音律，為了爭得它的喜愛，阿青混進人類的世界，學了一手好琵琶。

至此之後，青山竹林，花前月下，時有冷弦發清角，輕音越幽壑，援瓊枝，妙曲獨為君奏。

這時候，那位渡朔大人就會坐到它的身旁，微微瞇起眼睛，側耳聆聽。

「那是我最幸福的時候，」胡青對袁香兒說，「我一直以為自己可以長長久久地待在大人身邊彈奏下去，永遠都不會有疲憊的一天。」

周德運聽了它的故事，連連搖頭嘆息，「國師妙道真人的威名遠揚，被奉為玄門正宗第一人，卻只知道高居廟堂之上；不論青紅皂白地捕殺你們這些妖精，卻從不管百姓真正的疾苦。我看他根本遠不如自然先生。」

袁香兒聽他提起自己的師傅，想到周德運年少的時候，便和師傅有過一面之緣，因而問道，「周兄當年是怎麼見到我師傅的？」

「我依稀記得，當年我生了重病，藥石罔效，眼看就要斷送小命，爹娘都急壞了，帶著我四處求醫。誰知在半路上，遇見自然先生攜雲娘子雲遊經過。聽見我哭得厲害，先生在路邊倒了一碗水，念符畫咒，勸說我爹娘餵我喝下去，我當時就好多了，第二日竟然就能起身喝下半碗粥。」

「先生濟世救人，菩薩心腸，這才是玄門典範。」周德運做出總結。

袁香兒聽著他的話，不由想起師傅居住在闕丘鎮的時候，只要人有難處，求到它門上，它總是毫不推脫，熱情相助。被它幫助過、救治過的人類數不勝數。不止有人類，便是一些小妖魔求上門來，它也會一視同仁地幫忙。導致後來住進院子裡的小妖魔越來越多。

其實，師傅它並不是人類，以妖魔之身，卻願意善待人類，對世間所有生命一視同仁。

袁香兒坐在馬車上，看著車窗外逐漸遠去的山景，頓時回想起那間殘破的山神廟，想起在廟中虔誠祈禱的老人，想起那失去自由和尊嚴的神靈，想起在雪夜中，抵抗著咒術的制約，敲門求助的男子。想起那些被洞玄教的術士剝了皮、掛在馬後的妖魔屍體。想起師傅笑盈盈地站在院子中，幫助著和它不同種族的每一個人類……

袁香兒有些坐立不安。

『妳想要救出渡朔？』南河的聲音突然在她的腦海中響起。

『不，我沒有那個能力。』袁香兒的腦海亂成一團，『但我覺得不能就這樣放著不管。它違抗了國師的命令，可能會被折磨至死。』

『妳在這裡等我，我去京都探一探。』

『小南你……』袁香兒看著南河，南河也在看著她，他們有著相同的心意，想要做一樣的事情。

『我們一起去，別衝動，視情況而定，盡力而為。』

仙樂宮內。

國師高居其上，數名弟子恭敬地跪在他身前。

「師尊，這是弟子們此行剿滅抓獲的妖魔。」

他們的身前擺放著幾個朱漆大托盤，上面盛放著血淋淋的皮毛和內丹。另有幾隻被抓捕的小妖，用鐵鍊鎖在一起，哆哆嗦嗦地跪伏在地上。

妙道的雙目不能視物，也沒有仔細挑選的興致，他對侍立在身邊的大弟子雲玄招了招手，「將一些有用的收檢起來，無用之物燒了便是。」

一個被鐵鍊鎖住的女性妖魔，努力抬起漂亮的頭顱，「既然對你們毫無用處，為何要平白獵殺？大家都是一條生命。」

妙道從椅子上下來，走到它面前，伸手抬起它的下巴，「狐族？」

那女妖看著他蒙著雙目的面龐，想起關於這個人類的總總傳說，微微顫抖了一下。

「害怕嗎？」妙道捏著它的臉不放，「原來妖魔也會害怕。」

他嫌棄地甩開手：「自己乖乖地趴到法陣裡面，做我的使徒，供我驅使，我就饒妳一命。」

女狐妖垂下頭，眼珠在暗地裡轉了轉，再抬起頭來的時候，已經是一副馴良依從的模樣。

「我願意奉您為主人，只求您放我一條生路。」它姣好的身軀靠近妙道腿邊，身姿柔順，面容嫵媚，目光怯怯，聲音中帶著一種勾魂奪魄的魅力，「我都聽主人的，還請主人憐惜。」

在場的洞玄教弟子們聽著如此軟綿的聲音，心神為之一動，心裡莫名升起一股怪異的感覺，覺得這般對待一位嬌弱的女子不太合適。若不是師尊在場，有些人恨不得立刻上前，替它解開身上的枷鎖。

「只要妳聽話，我自然不傷害妳。」國師似乎也受到了狐族的天賦能力影響，變得溫和且好說話，他彎下腰，靠近那美麗動人的狐妖，似乎要替它解開枷鎖。

就在他毫無戒備地彎下腰的那一剎那，狐妖突然掙脫鎖鏈，鋒利的利爪閃著寒光，狠狠扎向妙道的心窩，「哈哈哈，所謂的玄門第一人也不過如此。你以為我是被你這些無能的徒弟擒拿的嗎？」狐妖哈哈大笑，「其實我在半路上就能逃脫，不過是學了你們人類的騙術，假意被擒到此地，我要殺了你，幫我整個巢穴的同伴報仇！」

狐妖雙目泛著綠光，唇齒間露出尖牙，興奮地舔著舌頭。但它高興的表情很快就凝固在臉上了，它發現自己的手根本沒有插進那人的胸膛，而是停在他的胸前，並逐漸失去知覺。它甚至感覺不到自己手掌的存在，那種失去對身體控制的麻木感從手臂蔓延上來，就連身軀也漸漸無法動彈。

眼前的男人臉上束著一條極寬的緞帶，緞帶之後似乎隱藏著某種極其恐怖的東西。而那個東西正透過繪製著詭異符文的緞帶凝視著它。狐妖感覺身體漸漸失去知覺，只能眼睜睜地看著面前的男子緩緩向它舉起手臂，那手臂白皙而瘦弱，動作慢騰騰的，看似一點力氣都沒有，卻能在掐緊它的脖子時，令它痛苦且難以呼吸。

妙道回到自己的寢殿，站在室內的那幅壁畫前。

他伸手點了一下壁畫，堅硬的牆面如水紋一般蕩開，從中跌出一個身影。那人渾身被刑求得體無完膚，匍匐在地面上動彈不得，一頭漆黑的直髮散落，露出穿透過身軀的腥紅鐵鍊。

一隻死去的狐狸屍體被丟在它的臉上。

「說吧，那隻九尾狐在哪裡？」妙道居高臨下地看著地上的人，「不要太頑固，堅持不過是平白讓你自己痛苦。你知道的，我絕不會放過任何一隻九尾狐。」

渡朔一言不發，無聲便是它的反抗。

妙道看著趴在眼前的妖魔。

那妖魔墨黑的眼眸冷淡地看著自己，明明傷重得連爬起身來都做不到，但眼神中卻沒有柔弱和屈服。

這種眼神令他感到很不舒服，他想起年幼時摔倒在泥地的自己，也同樣用過這種眼神看著眼前那隻巨大的九尾狐妖，那時的他弱小無力，面對那樣強大的存在，只能眼睜睜地看著自己的同伴一個個死去，束手無策。

此後在他的心中，弱小就是一種原罪。

他再也不會讓自己淪落到那種境地。

如今大妖們另闢靈界，離開了這個世界，人類逐漸成為這個世界的主宰。曾經令人畏懼的強大妖魔，因為數量稀少，正在逐一被人類清剿。

「現在，我才是強者，而你不過是一隻無力反抗的可憐蟲。」妙道居高臨下地看著渡朔，「弱者就要有弱者的樣子，不說的話，我會讓你知道違抗我的下場。」

他伸出兩根瘦弱的手指，細長的手指交疊在一起，扭成一個奇怪的指訣，渡朔身上那些鐵鍊的符文亮起，帶著猩紅的血色，詭異地扭動起來，而那張素無表情的面孔終於有了變化，發出抑制不住的痛苦喉音。

「說。」妙道真人殘忍地等著他想要的答案。

趴在地上的妖魔額角青筋爆出，手指摳住地面的磚縫撐起身體，染血的腥紅鐵鍊在它的身體內遊動進出，但回答妙道的卻是一聲低沉的怒吼。

國師的臉上看不出喜怒，他把手指伸進衣袖，緩緩撚出一張紫色的符籙。那張紫符一出，甚至還未祭上空中，屋內已經交織亮起耀眼的銀色閃電，電條抽在渡朔赤裸的後背上，把它抽得趴回地磚之上，發出一聲沉悶的聲響。

剎那間，一隻強壯有力的手掌突然出現，握住國師持符的手腕。

皓翰高大的身影出現在國師的身邊，它握住了國師纖細瘦弱的手腕，皺著眉頭，「主人，手下留情。渡朔已經撐不住了。」

妙道將臉轉向身邊的使徒，「連你也打算反抗我嗎？」

「不，我沒有想反抗您的意思。我族崇尚力量，從您打敗我的那一天起，您就是我崇拜的對象。」皓翰看著國師的面色，緩緩鬆開他的手，在他的身前跪下，「主人，那只是一隻弱小的狐狸，為了生存，它長年混跡在人類的教坊中賣藝為生，並沒有查出傷人的惡行。您何需動怒至此，仔細傷了肉身。」

妙道真人扶著桌案坐下，聲音裡帶著嘲諷，「沒了這具硬撐了這麼多年的肉身，契約自然解除，不是正中你的下懷嗎？」

口中這樣說著，終究還是收起了指訣符籙。

「你進來有什麼事嗎？」

「回主人的話，上次來過的那個小姑娘從塞外回來了。路過京都，上門求見，此刻正在大門外等候。」

「哦，這麼快就回來了？看不出來那個小姑娘還懂得前來拜會，也算知禮數，讓她進來吧。」妙道一揮衣袖，地面上一動也不動的渡朔身形開始縮小，最後被壁畫牽引，沒入畫裡。而水墨壁畫的某處也多了一個身束鐵鍊，匍匐於地的小人。

袁香兒和南河來到豎立四方神像的廣場。

到了這裡，南河就被結界阻擋下來了。

「你別害怕。」

「妳不要怕。」

兩句幾乎一模一樣的話同時響起。

袁香兒啞然失笑，伸手握住南河的手掌。比起自己的手，那手掌既寬大又溫暖，帶給她滿滿的安心。

在袁香兒的印象裡，南河還是一隻幼狼的模樣，應該由自己抱著它，保護它，安慰它的惶恐。不知道從什麼時候開始，小狼已經真正成為了眼前這個男人。

長腿，蜂腰，精悍，力量強大。

它站在自己的面前，可靠而有力，目光堅定，一心想要保護自己。

「妳進去以後不要害怕。」南河看著她，雙眸裡滿含細細星光，「若是遇到什麼事，就透過契約喊我，我一定會立刻去找妳。」

「嗯，我知道了。」

被人保護的感覺真好，有一個能夠彼此信賴，相互守護的人，是一生的幸運。

這次來迎接袁香兒入內的，果然不再是渡朔，而是一位容貌古怪的老者，他披著褐色羽毛的大衣，四肢像枯枝一樣纖長乾瘦，鼻子如同鳥喙一般突出，他只說了句「隨我來」，便佝僂著脊背，拖著長長的大衣，一語不發地在前方帶路。

袁香兒走在上次走過的走廊，透過使徒契約不停地和南河聊天。

『上次我是進到屋內才和烏圓斷了聯繫。看來只有屋內才有阻絕精神溝通的法陣。』

『嗯。』

『我進去以後，雖然不能和你說話，但若是我遇到危險，你還是能夠察覺到的，所以不用太過擔心。』

『嗯。』

『正常情況下，我不會和國師起衝突的，我只是想探一下渡朔的情況，再見機行事。』

『好。』

如果不是用意念溝通，袁香兒又怎麼會知道，在這短短的幾個字之下，有著多少抑制不住的擔憂？

『小南，你知道為什麼妖魔明明比人類強大，但人類卻逐漸成為主宰者嗎？』

『何故？』

『因為我們人類，不會只靠武力來解決問題。如果我們在力量方面比不過對方的時候，還可以用各種方式，比如談判、謀略，或是欺詐。總而言之，解決的方法有很多種。』她已經走到了那扇熟悉的大門前。

帶路的老者伸手推開門，便垂手立在原地，一言不發。

上次來的時候，站在這個位置的是渡朔——

「妙道不是什麼好人，回去之後別再來這裡。」

當時渡朔是這麼說的。

『我進去了，南河。』袁香兒在腦海中說完最後一句，抬起腳穿過結界進屋去了。

妙道依然坐在當初的位置上，他抬了抬手，一位人面蛇身的女妖便遊走過來，為袁香兒看座上茶。

「塞外一行還順利嗎？」主座之上的妙道溫聲開口。

袁香兒抬頭看著這名男子，上次見面，他以師傅的朋友自居，教導她修改法陣、饋贈靈玉，雖然彼此在觀念上的分歧很大，但袁香兒還是把他當作道學上的前輩看待。

如今，了解他的濫殺和殘暴後，袁香兒對這個人只剩下憎惡。她打起精神，拿出當年商業談判的素養，笑語盈盈，不讓敵方看出絲毫端倪。

「有些意料之外，但終究還是成功了。」袁香兒甚至還雙手奉上從塞外採購的牛肉乾作為禮物，同時說起自己西北一行的故事。

「這是一點特產，帶來給您嘗個新鮮。」

雖然不是什麼名貴的東西，妙道卻顯得有些高興，示意守在身後的皓翰上前接過。

「左右不過是一介凡人的小事，也值得妳這樣耗費時日，大老遠跑這麼一趟。妳這樣的年紀，應該要多做一些能夠揚名立萬的大事，好在江湖上留下威望，樹立口碑。」

「既然我和師傅學了術法，總要有能用上的地方。不論大事小事，自己覺得開心就是好事。」

「妳這個小孩，說話倒是有點意思，和妳師傅一個口氣。」妙道的嘴角難得帶上了一點笑。

「不然怎麼成為我師傅的徒弟呢？師傅當年就特別熱於助『人』，不辭辛勞地為四鄰八舍排憂解難，不知道幫過多少人。」

妙道的笑容停滯了，「余瑤它，一直都是如此。」

「是啊，」袁香兒說，「雖然師傅是妖魔，但它很喜歡人類，否則也不會收我做徒弟，還把它的雙魚陣留給我。」

妙道抿住了嘴，不再說話。

袁香兒悄悄打量這位威震天下的國師，他成名已久，看起來卻依舊肌膚光潔、體型勻稱，除了瘦弱了一些，和年輕人幾乎毫無差異，可見在道學之上已有小成，初窺天機，修習了長生久視之道。

「雙魚陣。」妙道念出這個詞，心中想起一事，沉吟片刻，對袁香兒說道，「我有一事，一直沒有合適的人選去辦。如今想想，妳倒是最合適的人。」

「國師您乃是前輩大能，能有什麼事還非要晚輩我去辦的？」

「天狼山內，有一隻青龍，六十年歸巢一趟。今年恰逢它的歸期。此龍有一水靈珠，持之能入萬丈深海，我欲取此珠一用。」

「以前輩之能，若是要下水的話，掐一個避水訣就好。何需那般折騰？龍口奪食，不是耍處。」

「妳生活在內陸，所以不曉得。在大海的底部也有山川、深淵和峽谷。其深者，不知幾萬里也。便是我們修煉之人，若是毫無防備地下去，也會被瞬間壓成肉糜。所以，只有找到水靈珠方可。」

「您為何要去那麼深的海底？」

「這個妳不必知道，妳只需知道此珠對我十分要緊。妳若是能幫我取得此珠，無論妳想要什麼報酬，我都可以給妳。」

袁香兒心中一喜，這是一個機會，當對方也有求於自己的時候，談判才容易進行。她壓抑心中的情緒，沒有在面上表露出分毫，而是連連搖頭，「就算給我再多東西我都不去，那可是龍穴。國師大人只怕自己去了，都無功而返吧？我這條小命還不夠人家塞牙縫的。」

「不，妳不一樣，妳是余瑤的徒弟，龍乃是水族之王，和鯤鵬最為要好。妳便是冒犯一二，它也絕對不會取妳性命。何況妳還有雙魚陣護持，便是有事，也有辦法逃命。我再多贈妳法器靈寶，必能成功。」

袁香兒暗暗吐槽妙道的為人。龍穴，上古大妖之巢穴，豈能像他說得這般容易。這個男人為了自己想要的東西，根本就不會在意他人的死活。

她裝作不知此事的模樣，一臉天真地歪著腦袋想了想，才勉強開口，「既然並不難，那我就跑一趟試試。只是在去之前，我想向國師大人討要一事。」

妙道露出喜色，「但說無妨，只要妳能為我拿回水靈珠，無論想要什麼，我都給妳便是。」

「是這樣的，」袁香兒笑盈盈地說，「您看啊，您身邊有這麼多厲害的使徒，讓人十分羨慕。但我身邊只有兩三隻小貓和小狗，若是到了龍穴後需要打架，一個厲害的都沒有。實在不太方便。」

「所以我想請您把渡朔借給我。」袁香兒笑嘻嘻地說。

妙道聽見這話，臉上的笑容瞬間消失了，他把雙手攏進袖子，慢悠悠地靠上椅背，等了片刻才緩緩開口，「我的使徒那麼多，妳為何獨要渡朔？」那聲音輕輕柔柔，涼絲絲的，聽不出什麼喜怒。

但袁香兒的後背卻莫名爬起一層雞皮疙瘩，她吸了一口氣，穩住自己的心緒，懷疑自己要是沒有好好回答這個問題，眼前這位自稱師傅好友的國師，便會翻臉不認人。

這是她在職場上經歷多番談判訓練出來的心理，對方越是凶狠惡毒，她反而越能穩住，因為她不覺得自己該害怕這種人。

「在您所有的使徒內，我只見過渡朔，也只見試過它的身手。當時與渡朔交手的時候，我和我家那隻還沒成年的小狼聯合起來，都不是它的對手，我就覺得它特別厲害。」袁香兒說得「坦白真誠」，毫無凝滯之處。

妙道瞇著眼睛「打量」眼前的少女，少女的聲音聽起來一派天真，她渾身的靈力在妙道封閉了視覺的感知裡，渾然自如，緩緩流轉，看不出一絲緊張害怕的模樣。

他在心中思考良久，想想渡朔不過只見過袁香兒一兩次，還是在自己和徒弟的眼皮子底下，無論如何，不應該有什麼交情。而袁香兒確實去了塞外，應該不可能知道自己捉拿九尾狐的事。

可能真的只是巧合而已。

妙道將剛提起的警惕之心，稍稍地放下了。

「不行，除了渡朔和皓翰，其他的妳可以隨便挑一個。」

「前輩明明剛才還說，不論討要什麼都行。叫我去那麼危險的地方，還不肯將厲害的使徒借給我，回頭拿一些小貓小狗忽悠我了事。」袁香兒站起身，不高興地拍拍裙子，「那我還是不去了。」

妙道：「我另擇一兩位實力高強之人助妳便是。」

「我就要渡朔，畢竟其他人厲不厲害，我也區分不出來。左右它們都比我厲害。」袁香兒直接槓上，「我想好了，只要渡朔。不給不去，就這樣。」

這是個很好的機會，如果把握住了，或許能救渡朔一命。

和國師談判的度十分微妙，她一再嘗試觸碰妙道的底線，終於看出他很在乎那個水靈珠。於是藉著年紀小，堅持自己的立場。

妙道身居高位多年，早就沒有人敢這樣和他說話，一時被袁香兒帶著節奏走，只能皺起眉頭，「休要耍小性子。」

「我哪裡耍小性子啊，前輩？我從前和我師傅要東西，師傅很快就同意了，從沒說過我耍小性子。」

「主人，不過是借用一下，有何要緊？水靈珠事關重大，那隻微不足道的小狐狸就交給我們去追查便是。」皓翰彎下腰，在國師耳邊低聲勸道。

國師心中一陣煩躁，一揮衣袖，一個渾身是血的身影從壁畫中跌落出來。

「非是我不願借，它受傷了，行動不便，妳看它連站都站不起來，只怕無從助妳。」

在他說這句話的時候，於壁畫中聽到一切的渡朔伸手撐著地面，一點一點地站起身來，等他的話音落地，長髮披散的妖魔已經沉默地站穩了身形。

妙道捏捏眉心，只得從袖中取出三枚符籙，「這是控制它身上那條鎮魂鎖的靈符，若它不服管束，妳驅動此符，可令它猶如墜入無間地獄。」

「行，我一定會好好用。」袁香兒從他手中接過符籙，一隻白生生的小手繼續攤在妙道的眼前，「國師大人，還有什麼靈符法器一併賜了吧。我可是要去龍穴的人，好歹多給一點保命的道具。」

妙道：「……」

袁香兒牽著鎮魂鎖走在屋外的長廊上，身後跟著斷斷續續的腳步聲，手裡的鐵索有些黏稠，袁香兒回頭一看，渡朔走得很慢，腳步卻始終未停。蒼白的面孔上都是冷汗，身後的地面落下一排觸目驚心的腳印。

「你走得動嗎？你的本體是什麼？變小一些，我帶著你走吧？」袁香兒忍不住說道。

「別說話，先……出去。」渡朔輕輕搖了搖頭。

袁香兒從結界的大門出來後，一眼就看見了守在那裡的南河，她一直緊繃的神經頓時也放鬆許多。

「阿香。」南河伸出雙手來迎接她。

她立刻從臺階上跳下來，「我沒事，我還把渡朔帶出來了。」袁香兒高興地說。

那位被鐵鍊鎖住的山神正赤著腳，一步步從臺階上走下，每抬一次腳，都在那些生著苔蘚的青石板上，留下一個帶血的腳印。

直到最後一步，它因為脫力而踉蹌了一下，一隻手臂也快速從旁伸過來支撐住它的身體。

那隻手臂有力、溫熱，甚至曾在戰場上與之爭鋒相對。

但此刻，那手臂的主人在它眼前，化為一隻體型巨大的天狼，四肢穩健，毛髮生輝，「上來吧，我背你，你不能再走了。」曾經的敵人說。

鎮魂鎖碰撞的聲音響起。

袁香兒看見了渡朔的原型。

那本該是一隻十分漂亮的蓑羽鶴，瘦玉蕭蕭的脖頸，垂落頭側的亮黑翎羽，帶雪松枝般曲勁的雙腿，尾端挑著墨黑的潔白羽翅。鶴鳴九皋，清遠閒放，優雅又美麗的生靈。

但此時那些漂亮的大片翎羽幾乎都脫落了，狼狽不堪的身軀上遍布著各種傷痕，被一道隨之變化了大小的鐵鍊緊緊鎖拿。

它把頭頸埋進翅膀裡，任由袁香兒小心地將它抱起，坐上了南河的後背。

仙樂宮內，妙道坐在他的白玉盤前。在玉盤的微觀世界中，可以看見廣袤無垠的大地上，一個小小的白點正向著南方飛馳。他們帶著渡朔，而渡朔的翎羽具有遮蔽窺視的能力，很快的，那小小的白點逐漸和大地融為一體，消失不見。

但妙道依舊久久凝望著盆中廣袤的天地。他的面前跪著一隻人面蛇身的女妖，正高舉著一個空了的檀木匣子。妙道伸出手指，輕輕撥動匣子上的鎖片，鎖片發出細細的金屬聲響。這個匣子內本來放了數張紫色的高階符籙，此刻卻被一掃而空。

紫符繪製不易，不僅需要昂貴難得的材料，更要耗費繪製者大量的心血精力，非一日之功能得，便是仙樂宮內的親傳弟子，也難以得到一張國師親賜的紫符防身。

「皓翰，我是不是著了這個小姑娘的道。他們會不會就是想要來救出渡朔的？」

「不能的，您多想了。」閃著金色眼眸的使徒回答道，「那位法師和渡朔只見過一面，還打得很凶，彼此有仇無恩，若非如此，上次過來的時候，那隻小天狼就不會緊張到差一點把結界衝破了。」

妙道輕哼了一聲，「左右你也是向著它的，你們都是妖族，是同類。」

他闔上匣子，揮退女妖。

他的大弟子雲玄跪在門外稟告：「師尊，陛下在宮中設宴，已等候多時，遣宮使來催請數次了。」

「知道了。」妙道漫不經心地回答後，懶洋洋地站起身來。有道童拿著國師的法袍進來，伺候他穿著衣物。

「您不想去嗎？」皓翰低沉的嗓音響起。

「那些人乏味又無趣得緊，一邊畏懼我，一邊想從我這裡得到好處。」妙道整了整衣袖，「相比那些所謂的同類，我寧願和你們這些妖魔待在一起，至少你們是明明白白的敵人。」

「那您為什麼非要待在如此喧鬧的京都呢？」

為什麼非要住在京都呢？

妙道低垂下眼睫，這裡是人間最熱鬧的地方，人煙湊集，繁花似錦，似乎只有置身在這樣的吵鬧中，綿長枯燥的歲月才不會顯得空泛無聊。

軒昂壯麗的皇宮內，絲竹並奏，鶯歌燕舞，金杯交碰，玉盞頻傳。

國師駕臨的消息傳遞進來的時候，熱鬧喧嘩頓時為之一滯。

身披山水袖帔，頭戴法冠，面上束著青緞的國師駕臨，色若春花，形若芝蘭，仙氣飄飄。

就連皇帝都會親自從龍座上下來迎他。

皇帝已過古稀之年，帶著一身行將就木的腐朽之氣。他在侍從的攙扶下，殷切地領著文武官員出來迎接，「國師來了，朕的心這才寬慰。」

垂垂老矣的帝王看著年輕國師的目光，是熱切且期待的，相比起國泰民安，如今的皇帝陛下迫切希望能從這位仙師身上，求得長生的祕訣。

他也顧不得帝王的尊嚴，親親熱熱地將妙道真人迎到自己身邊的尊位上，頻頻舉盞，低聲垂詢，一口一句「我師所言極是」。

大殿極為空闊，遠坐在角落裡的少宰，悄悄地和身邊關係親近的中書侍郎交耳言說，「國師好大的排場，看起來這般年輕，卻連陛下都要親自迎接。」

「噓，小聲些，別看他的模樣年輕，其實他的年紀比你我都大，聽家父說過，幾十年前，這位國師就是這副容貌了。」

「這樣看來，倒已和妖魔鬼神無異，不再是塵凡中人。難怪如此清高矜貴，從不將我等放在眼裡。」

「別說我等，他也從未將那些強大的魔物和妖族放在眼裡。我曾率天武衛隨軍護持，眼見仙師們將那些和人類一模一樣的妖魔剝皮分屍，看得我忍不住當場吐了。」

「別看我等位高權重，或許在他這樣的人眼中，我等這般雞皮鶴髮、垂垂老矣的模樣，是十分可笑且可憐的吧？」

妙道接過皇帝的敬酒，舉杯就唇，這大殿之上再細小的聲音，也逃不過他的耳朵。入喉的酒冰且澀，一絲溫度都沒有。

第二章　重逢

宮牆之內，瓊樓玉宇，歌舞生輝，如此熱鬧的地方，卻比不上當年那墜著黃果的梨樹下，有著熱酒的小小茅屋中。

遠離京都城外的荒野上，停滯著兩輛小小的馬車，車邊幾個焦慮不安的生靈，頻頻舉頭望著天空。

在銀白色天狼從天而降的時候，小小的烏圓、頂著狐狸耳朵的三郎、披著羽衣的阿青，甚至連一路垂頭喪氣的周德運和他的僕人們，都歡呼了一聲，一擁而上。

胡青看見袁香兒抱在懷中的簑羽鶴之時，眼眶瞬間就紅了，漂亮的雙眼裡噙滿淚水，袁香兒以為它要哭了，它卻死死咬住自己白皙的手指，沒有讓任何一滴眼淚落下。

它提著裙子趕上前，從袁香兒手中接過隻傷痕累累的簑羽鶴，小心翼翼地抱上了馬車。

馬車開動起來。

當袁香兒在車廂中為治療渡朔，念誦完三四遍金鏃召神咒的時候，胡青已經俐落地把渡朔一身猙獰的傷口處理好了。

恢復成人形的渡朔被安置在潔淨的軟榻上，腦後枕著柔軟的錦墊，滿身的血汙已經被小心地清理了。它面色蒼白，昏迷不醒，身上蓋著薄薄的被褥，額頭、脖頸、肩頭上都細密地纏繞著潔白的繃帶。

「我以為妳會哭呢。」袁香兒收起法器，看著還在忙碌個不停的胡青。

渡朔還沒回來的時候，胡青已經忍不住哭得稀里嘩啦。沒想到渡朔鮮血淋漓地躺在它面前，它反而能含著淚，咬緊牙關行動起來。

「治療大人比一切都重要，我現在沒有空哭泣。」胡青咬著紗布的一角，用力扯下一道長長的布條，托起渡朔拷著鐵鍊的手腕，在因過度掙扎而磨損的手腕關節上塗抹膏藥，仔細地纏上乾淨的紗布。

隨後，它小心地將包紮好的手臂放回軟塌上，輕輕提起被褥，為躺著的病人壓好被角。

車輪聲碌碌，床榻上的人緊閉著雙目，安靜地躺在那裡。

胡青跽坐在一旁看了半天，方才轉過臉來，眼眶裝著滿滿的淚水，要掉不掉地看著袁香兒。

「喂，別這樣啊，想哭就哭嘛。」袁香兒說。

胡青嘴一癟，伸手抱住了袁香兒，把腦袋埋在她的肩頭，發出細微的哭泣聲。

袁香兒還記得第一次見到阿青的模樣，手抱琵琶，踏雪而來，矜貴優雅，一曲動天下。怎麼忍心看著它哭成雨打梨花，我見猶憐的模樣。

她只好想辦法開解道，「別哭啊，不是已經替妳把渡朔撈出來了嗎？現在應該先想著好好照顧它，讓它把傷養好。」

「我，我以前不太喜歡人類，」胡青抬起頭來，哭得稀里嘩啦，「我還經常到你們的村子裡偷東西吃，總是喜歡欺負那些到教坊來的男人，嗚嗚嗚，對不起，想不到妳還肯幫我，我以後不再那樣了。」

它一把鼻涕一把眼淚，已經沒有藝冠群芳，教坊第一部的清貴模樣，就連說起話來的時候，都失了「人類」應有的邏輯。這讓袁香兒啞然失笑，多了幾分女性朋友之間的親切感。

車馬一路向南而行，南方的天氣已開始回暖，冬雪半消的枝頭，偶爾抽出幾枝早發的嫩芽，無懼寒風，嬌俏的模樣惹人心喜。

胡青坐在營地的篝火邊，懷抱琵琶，素手搖琴。

輕行浮彈之間，琴音悠悠，翩綿飄邈，若鸞鳳和鳴，鶴唳雲中。

「胡娘子的琴音變了啊。它從前的琴音，聽著有股愁思鬱結的悲涼之意。如今卻分外暢懷舒適，聽得人心裡暖洋洋的。」周德運舉袖抹掉眼角的淚水，「不知道為什麼，會不自覺地替它感到高興。」

袁香兒躺在草地上，靠上南河寬厚的脊背，看著夜空中的銀河流光。

細細的白色絨毛溫暖著她的臉頰。袁香兒伸出一根手指，指著天空的某處，「南河，那顆就是天狼星吧？」

她聽南河說過童年時期的故事，知道它的心結。

南河抬起頭，和她一起看向夜空中那顆醒目又明亮的星星。

悠揚纏綿的琴聲，總能讓人回憶起細密溫馨的童年往事。當年，兩月相乘之日突如其來，千百年一遇又轉瞬即逝，父親作為族長，也是不得已才離開的吧？

「我查了星圖。」袁香兒白皙的手指沿著天幕往上劃，「你看，在天狼星附近，最亮的那顆就叫南河，南河在我的故鄉有另一個名字，叫小犬座。」

既然你的家人幫你取這樣的名字，想必是對你充滿了疼愛。雖然它們不得不離開，心中也一定對你有難以割捨的牽掛。

南河看著星空，眼眸深處盛滿了細碎星光，它難得說起深埋心中的遺憾。

天狼族的天賦能力是星辰之力，它們的身體髮膚都能煉製成類似白玉盤的法器，窺盡星空之下的一切。但它的父親卻沒有找到它，這一直是它心中最大的委屈，如今細細想來，或許別有原因。

「當年，那些抓住我的術士，用法器遮住我族的窺天之術，就像渡朔的翎羽可以遮擋白玉盤的窺視。他們挾帶著我四處逃避，幾次被封禁在籠中的我，都能依稀感覺到父親與兄長和我擦身而過。那時我一度以為是自己看錯了，如今想想父親它們，應該是有找過我的，只是它們並不了解那些人類術士有多麼狡黠。」

「我想，你的家人肯定會在那顆星星上面，因為擔憂你、牽掛你，做出各種白玉盤、黃玉盤，天天在上面看你過得好不好，有沒有讓它們擔心。」袁香兒轉過身，伸手摸了摸南河的腦袋，「看來我要好好待你，把你養得白白胖胖的，才能讓它們放心。」

不過將來還是要請渡朔分一點羽毛來做個法陣，放在院子裡遮擋窺視一切的窺天之術，省得幹點壞事或欺負一下小南，都被它的家人看見了，那可不太好意思。袁香兒心想。

鈿轂車廂停在一側，微風斜揭繡簾，琴音逐入車內。

漆黑寂靜的車廂裡斜倚著一個身影。那人長髮披散，袖著雙手倚在軟墊間，微微睜著雙眸，眸光如水，靜聽徐徐輕音。

荒野間的篝火跳動著，為它沉寂的黑色眼眸，重新點上溫暖的細碎火光。

時光彷彿回到了從前，溫柔的山神坐在竹林間，聽著由狐狸化身的少女，為它彈奏琵琶。

一行人在鄂州棄車就船，改換水路回洞庭湖，江邊春水生，巨艦一毛輕。胡青坐在樓船的廂房中，正埋著頭寫寫畫畫，蠅頭小字細細地寫滿了厚厚一疊紙。

在來的路途上，它利用所有歇腳的時間，嘗遍途經之地的特色小吃。有時候到一個新地方，它會叫上滿桌菜肴，一邊細品，一邊拿著紙筆記錄，甚至還派遣三郎外出，去採買口味俱佳的菜譜。

袁香兒拿起那疊紙一看，全是這一路走來，吃過的各種特色小吃、經典菜肴。比如京都的羊肉炕饃、果木烤鴨；鄂州的熱乾麵、四季湯包、糊湯粉，以及鼎州的紅煨洞庭金龜、八寶珍珠魚。不論大小菜肴還是街邊小吃的食材，菜譜，出自哪家飯館，林林總總一併記得詳細。

「阿青記這些是做什麼？」袁香兒問。

「龍族，性饞，好口腹之欲。天狼山那隻青龍每隔六十年出山一次，吃遍人間美食，食飽方歸。可是出了名的嗜吃。既然要去龍穴，我想著應該盡量蒐集各類菜肴美食，帶著好吃的食物上山，或能有用。」胡青低頭整理起食譜，有些不好意思地抿嘴一笑，「我只是從自己的角度去想，也不一定有用。」

「原來是在為我去取水靈珠做的準備啊，這麼費心，多謝了。」袁香兒自己都還沒想好該如何進入龍穴，沒想到阿青已經開始替她籌備了。

說不定這個法子還真能起點作用？

袁香兒想起年三十的夜裡，看見那隻慢悠悠地飛回天狼山的龍，都快吃成球了。

胡青停下筆，看著那一疊娟秀的字跡，「阿香，有些恩情不是只說『謝謝』就能償還，所以我不曾和妳道謝。妳救了渡朔大人，我怎麼樣也要護著妳，至少不能讓妳獨涉險地……」

「水靈珠，我務必會助妳取得。」它埋頭，繼續奮筆疾書。

渡朔的身影出現在門框外。

「渡朔大人，您怎麼起來了？」胡青急忙起身想要扶它。

渡朔抬起一臂，謝絕它的行動，「阿青，我已經好多了。」

它的氣色比起兩日前好了許多，長長的直髮，墨黑的雙唇，披了一件普通的大氅，一撩衣襬在袁香兒的對面坐下，「需要我做什麼？」

「需要你做什麼？」袁香兒呆滯了一會兒，渡朔的傷口是她親手協助處理的，知道那有多麼恐怖且痛苦，絕不是兩三日就能痊癒的傷勢。沒想到它卻能在今日爬起身，這讓袁香兒大為吃驚。

「我不需要你做任何事，你好好休整，慢慢把自己的傷養好就行。」

渡朔的五官舒展了一下，顯然對這種說法十分吃驚，「可是……」

它不會懷疑袁香兒對它的善意。

但它也認為，既然袁香兒將自己借出來，進龍穴取水靈珠的時候，至少會讓自己這個大妖擋在前面打個頭陣。

畢竟青龍乃是上古神獸，實力強橫，沒有人會是一隻巨大真龍的對手，若是國師出征，必定讓他的使徒們擋在前方拚命。

它也做好了為袁香兒拚命的準備。

可是她只讓自己好好修養，好好養傷，不需要自己為她做任何事。

渡朔不由想起自己曾經居住的那片山林。

那時，它在無意中幫助了幾個住在山林裡的人類，那些人類對它感激涕零，獻來鮮花果品，將它奉為神靈，甚至還為它修築了一座山神廟。

一開始它覺得十分有趣，對那些人有求必應，那些人類也因此感恩戴德，對它讚不絕口。可是後來，渡朔漸漸發現，人類不似它的同類那般容易滿足和高興，他們的欲望複雜而深切，慾壑難填，永無止境。

直到它再也無法實現每一個人的願望，直到它被這些人拖進深淵，唾罵踩踏。

它一度以為自己已經看透了人類這個種族。如今卻發現，這個種族就像他們的欲望一樣，複雜且各式各樣。

「渡朔，」袁香兒看著那些還拴在它身上的沉重枷鎖，「或許人類對你做了很過分的事，但我還是想告訴你，上次我路過那座山神廟，看見那裡還有一位老人，天天祈禱你的平安喜樂。也正是因為他，我知道了你的故事，想要幫助你。」

渡朔的眼睫低垂，嘴角帶上一點笑，「是他啊，那個男孩。」

原來不止有那些貪婪惡毒的人類，也有不求回報、對自己充滿善意的人類，也有掛念著自己，向自己出手相助的人類。

自己曾經愛著那些生靈，卻也不曾愛錯。

過了洞庭湖，周德運在鼎州下船，和袁香兒分道揚鑣，各自回家。

分別前周德運設席一桌，作為餞別。

周德運攏著袖子給袁香兒施了一禮，「小先生若是需要食材、菜譜，某在這方面倒有些熟友，待我回到家中，細細蒐集整備，再令人送到闕丘鎮。」

「有心了，多謝。那就勞煩了。」袁香兒拍了拍他的肩。

「哪兒的話，應該是我謝謝您。多謝小先生辛苦陪我走這一趟。」周德運嘆了口氣，「雖然阿妍沒有回來，但這一路跟著小先生走走看看，感覺自己長了不少見識，往日我自詡瀟灑，博學洽聞，豈知不過坐井觀天而已。這一趟下來，我才知道這世間的許多事，並非我心中所想這般。」

「你能想開便是最好，回去好好過日子吧。」袁香兒勸慰他。

「小先生，我……我心裡還是放不下阿妍。」周德運面色微微一紅，「我想著回家以後整備家業，安置高堂。等有空了，我還去塞北看阿妍，多去幾次，時日久了，阿妍見我改頭換面，又這般誠心，興許還能回心轉意。」

周德運的這番話令袁香兒有些詫異，她沒想到一向綿軟懦弱的周德運，在對妻子這件事上卻如此執著。

他們的未來會走成如何，也只能看他們自己了。

酒桌之上，阿青彈奏一曲，無限柔情毫不掩飾地隨著曲聲流淌，她的眼中滿溢著快樂，灼灼目光只流連在一人身上。

受它的琴音影響，袁香兒給身邊的南河倒了半杯酒，

小南喝醉的樣子那般可愛，忍不住想要讓它喝上一點，讓它晚上軟綿綿地趴在自己身邊，隨自己搓來攤去，還會主動把肚皮翻出來。

袁香兒告別周德運，回到樓船上的廂房，發現南河正站在窗邊遠眺江面，而胡三郎

則坐在窗臺上，一手附在南河的耳邊，正嘀嘀咕咕地說著什麼。

看到袁香兒突然進來，三郎像是做了什麼壞事一樣，「唰」一下豎起耳朵，變成一隻金黃色的小狐狸，從窗臺上跳下去，一溜煙地跑沒影了。

「三郎又在和你瞎說些什麼？」袁香兒往窗外看了看，船行碧波，青山夾道，那一末尖尖的金色尾巴閃了一下，不知鑽進了哪扇窗戶。

「它說渡朔大人身為山神，俊美而強大，妳為了救它，連龍穴都不惜去闖一闖，肯定是對它十分稀罕。」一道帶著點酒氣的聲音在身後響起，「阿香，妳真的喜歡渡朔嗎？」

「怎麼可能，」袁香兒啼笑皆非，「我要是喜歡渡朔，肯定會被胡青吃掉。」

「那我呢？」那聲音突兀地打斷她的話。

「什麼？」袁香兒一時沒聽懂。

她轉過身，看見立在窗邊的人面染紅霞。

素月凌空，明河共影，表裡澄澈。袁香兒突然心領神會了。

那我呢？阿香妳喜歡我嗎？

袁香兒愣愣地看著眼前的人，她知道自己對南河有著不一樣的情愫，但她一直按捺著這份情感，將它藏在心底。天狼族一生只有一位伴侶，而自己壽命短暫，無法成為天狼合適的伴侶，所以她不曾將那份意思表現出來。

只是她萬萬沒想到，小南也對自己抱有同樣的心思。

站在她面前的男子顯然才剛洗過澡，披散著長髮，身上帶著一股淡淡的香甜味，它靠著窗櫺，背襯著波光粼粼的江面，與它一頭銀色的長髮遙映生輝，美豔又精緻，強大又威風。琥珀色的雙眸因為緊張而微微顫動，粉透的毛耳朵也頂開頭髮冒出來，等著聽它想要的回覆。

純情可愛，毫不自知地在小小的空間內，散發著誘惑人心的強大荷爾蒙。

「可是天狼一生只能擁有一位伴侶，你要是選了我……」

面對著強大的誘惑，袁香兒勉強維持一絲理智說話，但她很快就停住了話頭。

她看見南河露出了一臉委屈的神情。

南河此刻只覺得自己的雙頰正在發燙，心裡既侷促又難過，一直忍著沒能問出口的話語，今日不過是喝了一小杯酒，怎麼就突然脫口而出了？

像從前一樣就好了啊，萬一阿香拒絕了自己，往後該怎麼和她相處？怎麼厚著臉皮化為本體，蜷縮進她的懷中？它只恨自己不能把剛吐出來的話咽回肚子裡。

聽阿香的口氣，顯然是根本沒想過和自己的關係。南河突然覺得心酸。

人類為什麼是這樣的種族，阿香明明已經摸遍了自己，還收藏著自己的頭髮，想不到在她的意識中，竟然還沒有將自己當作伴侶看待。

南河的思緒亂成一團，三郎剛才在它耳邊說的無數個主意，此刻卻像是飛蛾一般，在它的腦海裡四處亂轉——

「都和你說過要主動一些了。」

「你見過教坊裡的那些女生，是如何誘惑自己喜歡的人嗎？」

「軟語溫香，曲意妖嬈，向她撒嬌，求她撫摸自己的全身。」

最後，三郎悄悄地在它耳邊說：「把自己的衣服全都……將整個人都獻給她就好。」

「我們天狼族，一生只尋一位伴侶，身心都只能給那一人。」它背過身去，強忍著羞愧，將如玉一般的手指放在衣服的盤扣上，「我早就把心交給妳了，我的身體自然也……」

衣冠不整的模樣，暴露在空氣中的肌膚，被刮進屋內的寒風肆意嘲弄著。

南河既羞且愧，不知道自己做得對不對，心又慌又亂，只覺得自己像被置身在一塊鐵板上炙烤著，無可奈何地在煎熬中等待屬於自己的判決。

但那裁決的聲音卻遲遲沒有到來，地上的衣物被晚風撩起綬帶，暴露在月光下的肌膚被寒風摸過，激起一片又一片的雞皮疙瘩。

它聽見一聲輕笑，「這都是三郎給你出的主意吧？」

南河頓時面紅耳赤，低下身撿起衣物就要往外走。

「妳若是不要便罷了。」它艱難苦澀地說。

然而它卻被一隻炙熱的手掌拉住了，那指腹的溫度滾燙，堅定地握住它的手腕。炙熱的溫度從肌膚的接觸面傳遞進去，像電流穿過全身一樣，引得它心尖發麻。

「我要，誰說我不要。就算你現在想後悔，也來不及了。」

既然你都這樣了，我怎麼可能還忍得住？也沒必要再忍耐了。

袁香兒又好笑又感動地把她的小狼拉回來，撿起它的長袍披在它身上，為它緊了緊衣領。

袁香兒心想，自己是無法讓南河搞懂人類情侶之間，是怎麼循序漸進地相處了。所以她只能主動一點，幸好主動也不是什麼壞事。

月光探進了窗櫺，在那人身上若隱若現的位置，留下明暗分明的誘惑之色，它漂亮而光潔的肩頭披著月華，性感且迷人的喉結也在月光的陰影中來回滑動。

他們靠得很近，袁香兒甚至可以聽見南河清晰的心跳聲。

「以後別聽三郎的，」袁香兒把它的腦袋扯低，靠近它，「我們可以慢慢來，我會告訴你，我們人類的伴侶在相處的時候，都要做些什麼。」

她的目光落在那雙染了春色的雙唇上，她已經覬覦這個位置很久了，一直很想知道那裡嘗起來是不是特別甜。

銀河流光，煙波浩瀚，袁香兒當著漫天星斗的面吻上了她的天狼。

在那一刻，夜幕上的星辰似乎變得分外璀璨，袁香兒終於嘗到那雙唇的滋味。兩人分開後，清晰地聽見對方鼓噪如雷的心跳聲。

某種細微的東西爬過肌膚，觸得頭皮一陣發麻，腦中紛亂響徹著震撼的重低音，心跳迅速又激烈，漫天星辰紛紛墜落，濤濤江水把兩人推到懸崖邊緣，驚險刺激得令人肌膚戰慄。

袁香兒不記得自己是怎麼完成剛剛那個吻的。她盯著自己剛才觸碰過的雙唇，那薄薄的唇瓣微分，正和自己一樣，抑制不住地呼出灼熱的氣息。

它真的太甜了。這是袁香兒此刻唯一的念頭。

還想要更多，想要花更多時間細細品嘗這雙瀲灩的雙唇，想狠狠掠奪，攪弄剝奪它一切的感知，直至它神魂顛倒。

近在眼前的那雙眼眸，像是氤氳著水霧的湖面，湖底全是柔軟的水藻，它的目光和呼吸都帶著溫度，滾燙的氣息落在了袁香兒的肌膚上。那隻小狼學會用有力的胳膊將她禁錮在牆壁上，湊過銀色長髮的腦袋來吻她，炙熱而溼漉漉的觸感急切地舔過她的唇、她的面頰和她的脖頸。

雖然很破壞氣氛，但袁香兒還是忍不住笑了，她伸手擋住南河湊過來的臉，「抱歉，我一時沒忍住。但你不能這樣舔我，至少在人形的時候不能用舔的。」她反手關上窗戶，把一臉迷茫的心上人按在椅子上，抬起它的下顎，低頭看它，「我來教你人類情侶之間是怎麼做的，你看看喜不喜歡。」

她低頭細吻那雙唇，用舌尖分開，侵入它柔軟的世界。

那裡很甜，空氣中也瀰漫著一股奇特的甜香。

袁香兒從意亂情迷中清醒過來，才發現這股越來越明顯的氣味，並不是自己的幻覺，它們真實存在，充斥在這小小的廂房之內。

她低頭看著滿臉通紅，被自己吻得快要熟透的南河，發現它正是這股氣味的來源。此刻有一點一點的星光從窗縫間溜進屋內，南河的全身上下似乎發生了某種變化，變得瑩瑩生輝，縈繞著誘人心魄的甜味。

南河瞬間清醒過來，它雙眸晃動，低頭看了看自己後，突然化為本體，擠開窗戶一躍而出，袁香兒立刻探出頭，那滿身星輝的銀色身影，已經消失不見了。

天亮之後，袁香兒坐在胡青的廂房內，和它一起整理食譜。從廂房敞開的窗子看出去，可以看見在甲板上來回跑動玩耍的烏圓和胡三郎。南河則避開人群，獨立在船頭，它今天穿得特別嚴實，雲紋長袍束清白捍腰，頭戴冠帽，任憑河風吹得衣角烈烈飛揚，猶自巋然不動。

袁香兒呆滯了一會兒，為什麼昨晚會讓它跑了呢？

胡青順著她的目光看去，動了動鼻子，「那隻小天狼已經進入離骸期了吧？妳昨晚對它幹了什麼事啊？」

「？」袁香兒不明白胡青怎麼會知道。

「妳不知道嗎？」胡青含笑地瞟了她一眼，「它們天狼在經歷離骸期時，也意味著發情期的到來，特別是有心上人在身邊的時候，它們容易失去對身體的控制。」

袁香兒被「發情期」三個字嗆得直咳嗽，她突然覺得所有成年的女妖精，都擅長談論兩性話題。

原來昨夜的那股甜香味是這個意思。

「別不好意思。」胡青靠到袁香兒的身邊，「這個時期是很難熬的，哪怕你們還沒在一起，妳也可以多照顧它一些。我昨天在半夜的時候，看見一隻可憐兮兮的小狼，直接跳進冷冰冰的江裡，游了好久才溼答答地爬回船上。」

不愧是狐狸精，一眼就看透了一切。

袁香兒的臉紅了，「主要是小南它太單純了。」

「越是這樣的男孩子，就越想欺負他，難道不是嗎？」胡青揶揄道。

「說、說得也是，因為它太過單純可愛，反而會讓我忍不住想對它做點更過分的事。」袁香兒捂住了發燙的臉頰，「妳不會覺得我這樣很過分嗎？」

「阿香，妳真的和我認知的人類不太一樣，」胡青有些感慨，「我在教坊待了很長一段時間，一直覺得人類的女孩異常扭曲。她們在這種事情上，似乎永遠都不敢表達出自己的需求，甚至覺得在做這種事的時候，不應該追求自己的快樂，她們往往只講究奉獻，為了遷就男性而犧牲自己應有的享受。這對我們妖族來說，簡直是一種可笑的行為。我們只希望彼此都能得到最好的享受。」

胡青牽著袁香兒的手，「妳沒有不對，只要妳喜歡，大可以放手去欺負它，把它細心調教成妳最喜歡的樣子。」

袁香兒突然有一種回到自己大學時期，在宿舍熄燈後和好姊妹夜談時的熟悉感。在這個世界，大概只有這些女妖精才能和自己毫無顧忌地討論這種話題了吧。

等回到家之後，把虺螣介紹給阿青認識吧，它們兩個一定能成為好朋友。袁香兒這樣想著。

「即便對象是妳的渡朔大人，妳也是這麼想的嗎？」袁香兒突然道。

這下換胡青臉紅了，「啊，妳怎麼能這樣說渡朔大人，大人它高雅矜貴，仙姿玉色，冰清玉潔……」

它說著說著眼睛就亮了，「如果讓它失去理智，為了我發出按捺不住又可愛的聲音，」胡青一下捂住了臉，「啊，不行了，我光是用想像的就要死掉了。」

就在這時，渡朔的身影出現在門外，它肩披長袍衣物，病體虛弱，用白皙的手指敲了敲門框，「準備一下，要下船了。」

屋內的兩個女人齊齊轉過頭來看它。

那位仙姿鶴立的高嶺之花抬了抬眉頭，不明白屋內的兩個女孩為什麼對它露出這般奇怪的表情。

船行到了辰州，登陸上岸，離闕丘鎮也就不遠了。

因為沒有外人，眾人也不再乘車坐轎，直接步行穿過城鎮之後進入天狼山，打算翻越山脊，動用法力抄近路跑回去。

南河今日穿得特別嚴實，束髮的網巾壓著鬢角，飛眉入鬢，鳳目流光，長髮緊緊攏在冠帽裡，露出了一截修長的脖頸。清白捍腰勒出緊實的腰線，雙扣的蛇鱗腰帶在纖腰上緊緊繞了兩圈。

它大步走在隊伍最前面，凜然肅穆，氣勢強盛。

從早上開始，它就一直躲著袁香兒，甚至連一個眼神的交流都沒有。

袁香兒的視線流連在那清瘦挺拔的腰背上，明明已經想好了，只要它陪著自己，像朋友一樣相伴一生就好了。可是昨夜也不知道為什麼，或許是因為氣氛太好，或許是因為酒精助興，一不小心就把它親了，親一下就算了，偏偏還把舌頭放進去，撩撥得一房間都是濃郁的甜香味。

袁香兒看著那個背影，只覺耳根發燙。

南河雖然沒有回頭，卻很快就察覺到了她的視線。它瞬間繃緊脖頸，走路的動作也開始變得僵硬，衣領外的脖頸處也逐漸爬上一道可疑的粉色，連耳廓都慢慢地變紅了。

因為第一次接吻而羞澀不已的袁香兒，在看見對方比自己還要害羞和窘迫的時候，頓時放鬆了不少。

它怎麼這麼可愛？

袁香兒咬住下唇，忍不住想要使壞，她突然勾動使徒契約，在腦海中喊了一聲，

『南河！』

「啊？」果然，那邊傳來了一聲驚慌失措的聲音。

走在最前方的那個人突然踉蹌了兩步，又匆忙穩住身形，侷促地轉過頭來看她。

袁香兒笑嘻嘻地對大家說，「已經進山了，這裡人煙稀少，不如我們跑著回去吧？」

「是啊，這裡是天狼山，靠近靈界，靈力充沛得很。」胡青閉上眼，深吸了一口林中靈露的精華，在人間居住了許久的它，感受到被靈力滋養的舒暢。

「已經很久沒有在在森林裡奔跑了，大人，這次換我帶著你跑。」它轉身看向渡朔，有些擔心它的傷勢。

渡朔長髮飛揚，身軀升至半空中，廣袖飄飄，衣襟獵獵，「來。」它在空中回過頭，看著它的小狐狸。

胡青就像春花綻放一般地笑了，身姿盈盈，輕舞飛揚，像蝴蝶一樣快樂地追隨在它的山神大人左右。

連綿不絕的青山，芳草鮮美，綠葉黃華，陽光透過雲層的縫隙，灑落在廣袤無垠的綠野中。

二人影成雙，一掠過平川，鴻雁翩翩，齊飛遠去，雲蒸霞繞，綠野仙蹤難覓。

看著狐狸和鶴自顧自地飛得那麼遠，烏圓直接變回小奶貓，開始耍賴，「我不想跑，阿香抱我。」

袁香兒彎下腰，讓它溜上自己的肩頭，三郎也立刻變成小狐狸，舉著兩條細細的前腿，「我也要，我也要。」

袁香兒再次彎下腰將它抱起，肩上停著貓，懷裡抱著狐狸的袁香兒笑嘻嘻地看著南河。

迴避袁香兒一整個早上的南河，慌亂地舔了舔嘴唇，最終還是化為一隻巨大的天狼，彆扭地走近袁香兒，在她身前伏下身軀。

袁香兒騎上她的天狼，摸了摸身下柔軟的毛髮，眼看著那對毛茸茸的耳朵，隨著她撫摸的動作抖動著。

銀色的身軀離地而起，飛馳在綠色的山野間，空氣中也傳來一股淡淡的甜香。

眾人很快就抵達了目的地。

「這裡已經是靈界的邊緣，那個方向就是我的家。」袁香兒站在山頂上，指著不遠處的闕丘鎮，「靈界中靈氣充沛，適合調養傷勢，你們可以在這裡找個地方住下。」

袁香兒對渡朔和胡青說道。

「妳，讓我住在靈界？」渡朔沉默了片刻，緩緩開口，「妳可知道，妙道用束魔鎖鎖住我，便是怕我靈力恢復，不易控制擺布，妳竟然敢讓我住在靈力如此充裕的地方，妳難道不怕我恢復靈力後，就此不聽妳驅使嗎？」

那些殘忍地穿過它琵琶骨的鐵鍊上，時不時有暗色的符紋亮起，發出輕微的碰撞聲。

「我又不是妙道，也不需要你幫我做事，為何非要控制你不放？」

渡朔垂下眼睫，看了身邊的阿青一眼，「妳救了阿青一命，我心中感念至深。妳若要闖一趟龍穴，可使我為先驅。」

「渡朔，」袁香兒嘆了口氣，「你打得過龍族嗎？」

「龍族乃是上古神獸，威力非比尋常，我自然不是對手。但若拼盡全力，多少可為妳拖延片刻。」

「既然你不是它的對手，我為何要讓你去送死呢？拖延片刻，我也不一定拿得回那枚靈珠。雖然我答應過妙道，但此事並不急於一時，我自會慢慢謀劃。你重傷在身，身具枷鎖，這件事不用你考慮，你只管安心養傷便是。」袁香兒知道，或許渡朔不會再輕易相信人類，但依舊說得誠懇，「這個束魔鎖，我目前還沒有能力解開。但我會盡量想法子，不再讓你回到國師身邊，時間久了，總能慢慢解開這條鎖鏈，你且安心地靜養吧。」

渡朔凝視著她許久，終究不再說話。

站立在它身邊的阿青看看它，又看看袁香兒，噙著淚水別過頭，舉袖抹去眼淚。

告辭它們向著山下走去的途中，袁香兒回首張望，看見那位身披長袍的男子隱沒進山林間，一隻寬廣的衣袖牽著懷抱琵琶的阿青，阿青低著螓首，透亮的淚水灑了一路。

不多時，山林間傳來動人的琵琶聲。

袁香兒一行在這快樂的樂聲中，向著溫暖的家鄉奔去。

白色的銀狼在青山綠水間奔馳，有著烏黑長髮的山神默默站立在高處的樹梢，遠眺著那個逐漸遠去的身影。

「大人？」抱著琵琶的女子出現在它的身邊。

「阿青，陪我回去一趟，回去那座山神廟。」

第三章　承諾

回到家的時候，雲娘正在庭院裡曬衣服，看見他們出現在門口，將懷裡的衣盆一丟，溼漉漉的雙手在圍裙上擦了擦，欣喜萬分地小跑著出來迎接。

袁香兒飛快地跑進庭院，「師娘，我回來了！」

「我的香兒回來了，快讓師娘看看是不是瘦了？路上可還順利，有沒有受什麼委屈？」雲娘拉著她的胳膊左看右看。

袁香兒挽住她的胳膊，膩在她身上撒嬌，「我什麼都好，就是想師娘了。」

咕咕咕的聲音響起，錦羽張著小小的袖子跑過來，一雙白生生的小手高高舉在袁香兒面前，袁香兒一下將它抱起來轉了個圈，「我也想錦羽了，錦羽看家辛苦啦。」

錦羽在空中發出一連串咕咕咕的聲音。

笑鬧一番後，袁香兒將躲在遠處的胡三郎提出來，「師娘，這是三郎，以後會和我們一起生活。」袁香兒介紹道。

胡三郎化為小小少年的模樣，頂著耳朵和尾巴，躲在袁香兒身後探出腦袋，用一雙烏溜溜的眼睛警惕地看著雲娘。

「啊，三郎真是可愛，以後就是家裡的一份子啦。」雲娘彎下腰，用柔軟的手掌摸了摸三郎的腦袋和耳朵。

知道這個人類果然如袁香兒說的一樣，並不排斥自己妖魔的形態，胡三郎這才鬆了口氣，「嗯，我很乖的，會打掃院子，還會做飯。吃、吃得也不多。」

「乖孩子，你喜歡吃什麼？我晚上來做你喜歡吃的菜。」

「它和我一樣，吃小魚乾就好。」烏圓的聲音突然冒出。

「這是烏圓。」袁香兒指著身穿輕裘金靴，髮辮飛揚的少年說道。

「哎呀，原來我們烏圓長得這麼漂亮。」雲娘舉袖掩嘴道。

烏圓被這麼一誇，很快就冒出了耳朵和尾巴，乾脆變回小小的山貓，蹭到雲娘的腳邊，抬著脖子喵了一聲，「喵，晚上想吃魚片火鍋，還有炸小魚乾。」

「行啊，都聽我們烏圓的。」

「錦羽站在這裡，雖然師娘還看不見，但它也很喜歡師娘。」

地面上憑空出現了一個小小的腳印，那雙腳印繞著雲娘轉了一圈，讓雲娘知道它的存在。

然後，袁香兒伸手牽過最後一個人。

「這就是南河了，師娘。」

「南河？」師娘看著眼前和袁香兒並肩而立，劍眉星目的少年郎君，「就是……那個南河嗎？」

袁香兒感覺到南河的手心微微出了汗，她稍稍捏了捏那寬厚的手掌。

「是的，它就是小南，我特意把它帶來給師娘看看。」袁香兒加重最後幾個字的語氣，握著南河的手始終沒有鬆開，那隻手也用力地回應了她。

晚餐吃的是火鍋，就設在庭院的簷廊下，烏圓一會兒忙著帶三郎見識它的玩具和別墅，一會兒忙著跟錦羽講起一路的見聞。

紅紅的碳火和骨碌碌滾著的高湯，香氣和歡樂在庭院中瀰漫開來。

「真好，多了這麼多人，和從前一般熱鬧了。」雲娘似乎十分高興。

「之前沒來得及和師娘介紹它們。如今覺得，既然大家生活在一起，也沒必要瞞著師娘才對。」

雲娘隔著銅鍋蒸騰的白霧，給袁香兒布菜，「香兒，妳做得很好。其實我一直都想見見它們的樣子。妳師傅當年很少和我介紹它的妖精朋友，所以我也只是偶爾才能看見它們的影子。」

「為什麼師傅不願意告訴師娘呢？」袁香兒有些不解地問。

「或許它當時覺得人妖之間，緣分過於短暫，不如不用相識得好。」雲娘伸手摸了摸袁香兒的腦袋，「雖然妳是師傅的徒弟，卻不必樣樣學它，走妳自己想走的路就好。」

回到家中的日子十分愉快。

三郎很快就有了屬於自己的屋子和玩具，每日和烏圓、錦羽追著滾動的藤球，在院子裡歡快地跑來跑去。

袁香兒查閱了大量有關龍族的資料，細細密密地做著筆記。

這一日，她盤坐在炕桌邊，從師傅留下的一大堆古籍文獻中，翻找自己需要的東西。

「龍族乃是上古神獸，力量強大，我們不是它的對手。若是我渡過離骸期，修煉個數百年，或許還有一爭之力。」南河坐在桌邊看她抄抄寫寫，一條銀白的大尾巴從身後露出來，在炕床上掃來掃去。

「這世界上強大的東西可多了，也不能一個個都靠打架使它服軟。」袁香兒頭也不抬地翻著書頁，「我覺得阿青之前給的法子就不錯，我再細查一下龍族的喜好，認真琢磨一番。」

「小南，我很喜歡阿青和渡朔，總想幫它們一把。」袁香兒咬著筆頭翻書，伸手把南河的尾巴撈到腿上，順著那毛茸茸的手感來回揉搓，「我想著妙道那般重視水靈珠，如果我們真的能得到水靈珠，或許能用它和妙道換取渡朔的自由。」

「總而言之，我會小心行事，不會衝動。你覺得呢，南河？」

她說了許多，沒聽見回覆，卻突然聞到一股獨特的甜香，她轉頭一看，半人形的小南早就軟軟地趴在炕桌上，而自己的手掌正握著人家的尾巴。

那條毛茸茸的尾巴在自己的手裡抖個不停。

「啊。」袁香兒抱歉地鬆開手。

南河面紅耳赤地撐起身體，它即羞又憤，就在剛剛，自己竟然對阿香起了極其汙濁的念頭。

它自幼離開群體，在叢林間過著東躲西藏的生活，對成年伴侶的相處方式沒有了解的途徑。所以它不曉得除了舔舐彼此，相擁而眠，還有其他的親近方式。

曾有一夜，它誤入人類的花街，看見了一些不該有的景象。在它眼裡，那完全是兩性之間對另一半單方面的欺壓和褻瀆。它曾經深以為恥，卻沒想到自己竟然也會對阿香產生同樣的念頭。

阿香對它這般溫柔，還承諾和它相守一生，給它甜蜜的親吻和撫摸。

然而自己的心卻如此骯髒。

南河想拔腿就跑。

袁香兒一把拉住它的手臂，又好氣又好笑，「你要去哪裡？」

南河垂下雙耳，不肯轉過身來。

「你要去哪裡？不能再泡冷水啦。」

她慢慢地把南河拉到身邊坐下，將桌面的紙筆推到一旁，湊到它身邊低聲私語。

「小南，你好香啊，」她輕輕聞著它的脖頸，「阿青說這是你們在經歷某種特殊時期，才會散發的味道。」

看到身邊的人如坐針氈，袁香兒勾動契約，將話語直接傳進它的腦海，『你這樣，是不是需要我幫你一下？』

「不、不用。」雖然南河嘴上這麼說，心裡卻還是按捺不住地回應：『好、當然好……』

「那要怎麼幫啊？」纏綿悱惻的氣音同時在它的耳邊和腦海響起，帶著笑，還帶著一點戲弄的意思。

「摸，摸一下尾巴就好。」

「只要摸尾巴就可以了嗎？」

好。

袁香兒喜歡擼毛茸茸的一切，特別是大尾巴，更能極大地滿足她身為毛絨控的癖好。

但此刻，看著那伏在炕上、微微發顫的肩胛骨，以及散落肩頭的凌亂銀絲，袁香兒的心底突然升起一種從未有過的感覺。就像在烈日下想要甘泉，在饑餓時渴望麵包，有一種難以描述的本能在心底悄悄抬頭，讓她想看著這具身軀被染上顏色。

彷彿有一萬隻螞蟻從她心尖上爬過去，酥酥麻麻的感覺讓她忍不住咬住了嘴唇。

她光明正大地把那條又肥又厚的大尾巴握在手裡，並用十根指頭來回輕捏。再看南河，只見它瞬間繃緊脊背，雙拳緊緊攥著床單，手臂上結實的肌肉鼓起了漂亮的弧線，它把腦袋死死地埋在床上，從後背的角度看過去，只見耳朵和脖頸一片通紅。

袁香兒的指腹從尾椎開始揉搓，那人漂亮的肩胛骨一下拱了起來，讓袁香兒如願以償地聽見它按捺不住的抽氣聲。

她捏起那尾巴抖一抖，再把整條尾巴放在手裡，用指尖自尾巴根部開始往上梳理。指尖穿過毛髮，時輕時重地刮過皮膚。

屋內那股奇特的香氣，在此刻到達了頂點。

南河猛地轉過頭，露出一臉難以置信的神色，它的肌膚瑩瑩生輝，桃花眼裡盛著秋水，芙蓉面上染著春色，明豔無雙，勾得人心蕩神馳。

「阿香，」南河撐起身輕聲喚她，它的神色迷離又無助，「妳還記不記得第一次看見我的時候？」

「當時我傷得很重，渾身的血都快流光了，周圍又冰又冷，我以為自己就要死了。」它的眼眸蒙著一層水霧，似乎在迷濛中回憶起從前，「突然有個人類從樹叢中鑽出來，周圍明明有很多想將我瓜分撕碎的妖魔，她卻渾然不管，一把將我撈進懷中，抱著就跑。」

「跑回家後，她把我放在溫暖的炕上，餵我吃甜甜的食物，還小心翼翼地替我包紮傷口。雖然我那時候對她很凶，事實上，我的心底早已喜歡上那個人了。」南河看著袁香兒，緩緩靠近，「阿香，我喜歡妳，從一開始就喜歡上妳了。」

它拙劣而生疏地吻上袁香兒的雙唇，「永遠待在我身邊，永遠別離開我。只要妳能待在我身邊，不論妳想對我做什麼都可以。」

袁香兒只覺得有一條柔軟溼潤的舌頭，闖入了自己的世界，初時羞澀，續而變得狂熱激烈，它食髓知味，不斷索取，幾乎要從她的咽喉中勾走魂魄，滾燙的呼吸胡亂地落在袁香兒的肌膚上，她幾乎不能區分彼此的心跳聲。

雲娘帶著朏朏進來的時候，袁香兒還坐在院子中，回憶著早些時候那意亂情迷的吻。

袁香兒不在家的這段時日，虺螣常來探望雲娘，對這個院子已經十分熟悉，她繞到袁香兒身後，拍了一下她的肩膀，把她嚇了一跳。

「想什麼呢，阿香，喊妳半天了。」

「阿螣，妳什麼時候來的？」袁香兒開心地拉著虺螣的手。

「來了半天了，就看見妳一個人在『嘿嘿嘿』地傻笑，也不知道在高興什麼。」

「好香啊，這是什麼味道？」虺螣湊到袁香兒身邊，抽了抽鼻子，恍然大悟，「不會吧，這麼快？南河長大了？」

袁香兒笑著掐它一下，算是默認了。

它湊到袁香兒的耳邊悄悄道：「妳這就盤它了？」

「胡說，我又不是蛇族，」袁香兒推它一把，面色微紅，「我什麼也沒做，只是摸了摸它的尾巴。」

虺螣用袖口掩嘴，嘿嘿嘿地笑了，「傻子，妳肯定不知道吧，天狼族的尾巴……嘿嘿嘿。」

兩人久別重逢，先互掐了一番。

「對了阿螣，我這次認識了一位朋友，名叫胡青，是九尾狐呢，如今也住在天狼山上，改天帶妳認識一下。」

「好啊，九尾狐可真少見，便是狐族隱居的青丘都尋不出兩隻來。」

此刻，他們口中的胡青，正陪在渡朔的身邊，站在那間破舊的山神廟中。

這裡腐朽而寂靜，殘缺的神像，倒塌大半的梁柱，神壇上厚厚的塵土，地面荒草叢生，角落長滿了白色的蜘蛛網，一隻蜘蛛像是被驚嚇到，匆匆忙忙地從屋頂垂下蜘蛛絲，逃一般地不見了。

胡青搖了搖身後的九條尾巴，感到十分不適。在它的記憶中，這間小小的廟宇，永遠都是這片山林中最熱鬧的地方，香火繚繞，瓜果祭拜，各種年紀的人類每日進進出出，其中還混雜著像是它這樣的小妖精。

它不安地看了看身邊的山神大人，陽光從破掉的屋頂投射下來，在它冷淡的面孔上打出清晰的光影。

渡朔看著自己的神像，那石神崩壞了一半的面孔，眼下裂著一道溝壑，看起來彷彿是在哭著嘲笑自己一般。

它想起自己敗給妙道的那一天，被鎮魂鎖鎖拿後拖出這裡，跌跌撞撞地走在人類的村落中。那些曾經得到過自己無數幫助的人類，遠遠地躲著，露出了嫌惡驚恐的神情。

「妖魔，滾出我們的村子。」一個抱著孩子的婦人朝它丟來一團泥巴，她手中抱著的那個孩子，去年險些病死，是自己聽見了她的祈求，親自施展術法救治回來的。

「卑鄙的妖魔，快點滾出這裡。」丟石頭的老者上個月還跪在神像前叩拜，感激自己耗費法力，降下一場甘露。

它狼狽而痛苦地被拉扯著，遊行在這座它不知道守護了多少年的村落裡，石塊和泥團接連打在它傷痕累累的身軀上，讓它一時分不清疼痛的是受傷的身體，還是碎裂的心。

「山神大人，我又來看您啦，今天的天氣還不錯，不知道您過得如何？」

一個蒼老的聲音打斷了渡朔的回憶，渡朔轉過頭去，看見一位白髮蒼蒼的老者，佝僂著脊背，提著竹藍，正遲緩地從門外跨進來。

那老者看不見隱祕身形的渡朔和胡青，自顧自地徑直來到供桌前，顫巍巍地從籃子裡取出一碟黃澄澄的橘子，拄著拐杖慢慢地在露出棉絮的破舊蒲團上跪下，「信男什麼也不求，只盼山神大人您早日脫身，安穩順遂。」他雙手合十，虔誠地拜了幾拜，半祈禱半念叨，「如今我年紀也大了，腿腳越發不好，也不知道還能來這裡幾回，真希望在死之前，還能再見著大人您一面啊。」

老者說完話，看見剛才磕頭時還空無一物的地面上，突然出現了一小片羽毛，靜靜地躺在那裡。

那小小的羽毛，有一種似金非金、似玉非玉的質感，表面上瑩瑩流轉著瑰麗的光澤，絕不是凡俗中所能見著之物。

「這……這？」老者疑惑不解，小心翼翼地用乾枯的手指撚起那片羽毛，對著陽光看了半天，眼睛突然亮了起來。

「這是山神大人的羽毛，是大人賜給我的嗎？」他激動地站起身，四處張望，「大人，山神大人，是您嗎？您回來了嗎？」

回答他的卻是一片寂靜，一陣微風吹過，殘缺的神像上掉落了一縷塵埃。

「我知道您回來了，您肯定很傷心吧？」老者不禁哽咽道，他用勞作了一輩子的粗糙手指抹著眼淚，「不過沒關係，只要您平安回來了就好，只要知道您平安，我這輩子的心願也就了了，可以安安心心地走啦。」

他匍匐在地上，彎下脊背，磕了一個又一個的頭，歡喜的眼淚掉落在塵埃裡。

過了許久，老者方才慢慢站起身，開始收拾桌面的祭品。老者收碟子的手頓了頓，發現祭拜的橘子少了兩顆，不由又轉過頭去，擦了一把鼻涕和眼淚。

「大人您可能不知道，當初大家確實很是過分。不過後來，還是有不少人心裡暗暗愧疚。最初那幾年，還有好幾個和我一樣的人，時常到這裡來祭拜您。可惜這麼多年過去了，他們老的老，走的走。得虧我當時年紀小，方才有幸撐到您回來的這一天。」

他一邊收拾一邊嘮叨，最終提著竹藍，把那片小小的羽毛收在懷中，腳步婆娑地向著下山的方向走去。他還沒走出幾步，身後的空明之中，卻突然傳來一句話——

「戴著它，能夠驅邪避祟，保你此後安泰，子孫後代邪祟不侵。」

老者猛然轉過身，努力睜開渾濁的雙眼，想從空明之中看見年少時見過的那道身影。

山風陣陣，草木瀟瀟，破敗的山神廟內一片寂靜。

「曉得，曉得的，山神大人賜予我的東西，我細細收著，以後它就是我家的傳家之寶了。」

胡青站在山神廟內，看著那個蹣跚步行的背影，將手中的兩顆橘子遞給渡朔一枚。

「人類什麼的，也不全是壞的，倒也有許多可愛的傢伙。」

渡朔的目光變得柔和，「我們年歲悠長，些許苦難也無妨，倒是他們能夠如此，十分難得。」

它回過身，向著那神像伸出手，五指輕輕一抬，神像分崩離析，四散倒塌，露出底座之下一個小小的洞穴。

洞穴之內，竄出一道橘紅色的光芒，那道光芒一出，整間神廟在剎那間瑩瑩生輝，光華奪目。

渡朔抬手，將那抹橘光攏在手中。

「原來這底下還藏著東西，這是什麼？」胡青好奇地問。

「這叫信仰之力，是我在這裡擔任山神以來的一些積累，也不過得了這麼一些。這東西雖然蒐集起來十分耗時，威力卻不小。幸好當時不曾被妙道發現。」

「人類的信仰之力？有什麼作用嗎？」

「它的用處很多，但此刻對我來說只有一種用途。」渡朔抬起手指，將手指上那一抹金色，塗到鎮魂鎖上，堅固粗大的鐵索開始發出刺耳的聲響，一點點崩裂，從染上信仰之力的那處截斷。

「信仰之力，破人間一切凶器。」

斷裂的鎮魂鎖光芒大盛，開始猛烈扭動起來，腥紅的鐵鍊在渡朔的身體內進進出出，企圖重新勾連，將這隻妖魔鎖拿。

渡朔額上的青筋爆出，跪倒在地上，它死死抓住那不斷掙扎的鐵鍊，用力將它們從身體內拽出來。

「大……大人。」胡青痛苦地捂住嘴，眼睜睜地看著腥紅色的鐵鍊一截一截地出現，就好像也穿在它的身軀上一樣痛苦。紅色的符文化為電流火花，猙獰叫囂著四處流竄，打在它最敬愛的人身上，但它卻幫不上任何忙。

渡朔雙目赤紅，額頭冷汗直流，手掌卻極穩，毫不遲疑地把那長長的鎮魂鎖，一截一截地抽離自己的身軀。

直到鎖鏈剩下最後一小截，它才脫力地倒了下去，「幫……幫我一下，阿青。」它喘息著倒在地上，手指依舊死死抓著扭動的鏈條。

胡青慌忙地抓住鎮魂鎖後，突然大喊一聲，閉著眼一用力，終於把那條腥紅的鏈條抽了出來。

她「哇」地哭了起來，一邊抽泣一邊把渡朔扶起來，為它包紮肩膀上猙獰的血洞。

「別哭，這不是好事嗎？沒了這道枷鎖，我就自由多了。」渡朔閉上雙眼，「也終於有了戰鬥的能力。」

清晨，朝陽未吐，雲娘端著一筐雞食來到院子裡，看見一個有著狐狸耳朵和尾巴的男孩哼著小調，正拿著掃把清掃著庭院的落葉。

「三郎真是個好孩子，這麼勤快啊。」雲娘誇獎它。

胡三郎在看見雲娘的那一瞬間，下意識把耳朵和尾巴收起來。它在人間生活許久，知道人類害怕且排斥它們這些屬於妖魔的特徵。

「在家裡的時候，三郎用最舒服的模樣待著就可以了。」雲娘彎下腰看著它，「廚房裡有剛做好的蔥油餅，三郎餓不餓，要不要先去吃一點？」

「我不餓，我等師娘和大家一起吃。」三郎乖巧地說著，冒出毛茸茸的耳朵來討雲娘開心。

小動物們很少有這般乖巧懂事的，它們往往單純而鬧騰。這孩子的拘謹和順從顯然是在人世間鍛鍊出來的，雲娘有些心疼它，伸手摸了摸它的小耳朵。

「蔥油餅，我要，我要。」一隻小山貓從梧桐樹上跳下來，繞著雲娘打轉，「師娘，我可以用蔥油餅捲小魚乾吃嗎？」

「知道你愛吃，早就準備好剛炸過的小魚乾了。」

烏圓歡呼一聲，撒腿往廚房跑，「三郎，錦羽，快點，跟我來。」

在它身邊的地上，憑空出現了一串跟隨左右的小腳印。

「三郎也去吧。」雲娘對眼前明顯心動，卻又猶豫不決的狐狸少年道。

一團煙霧瞬間騰起，掃帚和落葉掉落在地，一隻小狐狸四肢並用，飛快地追著山貓去了。

院子的大門「吱呀」一聲響起，有著一頭銀色長髮的少年郎君，在朝陽初升的晨曦中，背著高高的柴草推開院門。它將後背的柴禾卸下，那一大捆比身高還高的柴禾提在它手上，似乎比鴻毛還要輕便。

它看見雲娘在院子裡，便規規矩矩地躬身持晚輩禮。

俊俏又知禮的晚輩總是討人喜歡。雲娘打量載著一身露水歸來的南河，發現它的衣物落滿塵土，從肩膀向脖頸延伸出一片紫紅的可怖傷痕。

雲娘知道自從他們回來以後，這隻小狼夜夜都要去天狼山，帶著一身傷痕回來。最初那幾天，它傷重得讓人為它擔憂。令人心疼的是，它總會在清晨悄悄溜進家門，先躲進院子中的柴房整理傷口、更換衣服，勉強收拾得看不太出端倪方才進屋。

好在最近它的狀況好了許多，甚至還能騰出餘力，順道打一些柴草或是獵物回家。

「小南，是有什麼急事嗎？為什麼每天都把自己弄得傷痕累累的？」雲娘問它。

南河將木柴放在柴房外，轉過身來溫聲回話，「師娘，我想要盡快變強一些。」

「變強一些？」

「是的，我們要去一趟靈界深處，那裡和人間不太一樣。」南河有些不好意思，

「我需要變得更強一些，好……保護好阿香。」

這個孩子和烏圓它們又不太一樣，它的性格帶著一絲靦腆，對自己有著親近之意。令雲娘感到親切的是，雖然它是妖魔，卻從不將自己排斥在外，無論和它聊些什麼，它總能坦然相告，就連時常來訪的虺螣，都變得更為坦然地以妖魔的身分和雲娘相處。

雲娘漸漸發覺，曾經看起來神祕且遙遠的那些生靈，其實也沒有想像中那樣恐怖，它們和自己一般無二地生活在同一片星空之下。

院子的大門響起了輕輕的敲門聲，從半開的門扉看出去，可以看見門外出現一位身著青衣、懷抱琵琶的年輕女子，而它的身後隱約站著一位身著白袍的男子。

「我來，我來，」袁香兒穿過雲娘的身邊，一路向著門外跑去。

「師娘，這兩位是我朋友，來家裡做客。」鬢髮飛揚的少女一邊奔跑、一邊回頭對她說，門口處很快響起了對話聲。

「渡朔，阿青，你們怎麼來啦，快請進。」

「打擾了。」那位秀美溫和的小娘子和她身邊長髮披散、儒雅俊逸的男人，遠遠地向著這裡叉手行禮。

雲娘的視線有些模糊，依稀回到從前，她的丈夫一路從她的身邊經過，打開院子的大門，迎接客人進屋。

門外有時會出現一位年輕的術士，或是一位頭髮斑白的老者，他們的身後總會跟著一些奇特的生物，客客氣氣地和她打招呼。

那時候院子裡十分熱鬧，那些特別有靈氣的小動物們會鑽來鑽去，一隻有著長長翎羽的大鳥，也會在枝葉繁密的梧桐樹上休息。而走廊的木地板下面，也常常會有奇怪的響動，偶爾還能聽見一兩聲低沉的嗓音。

在得知余瑤不得不離開自己之後，雲娘一度以為她的日子會過得十分寂寞且孤獨，沒想到因為香兒這個小丫頭的存在，這個家又逐漸恢復成和往日一般熱鬧。

她還記得那時也是在一個初春的時節，余瑤站在那棵梧桐樹下，轉過頭來看著自己，它手上撚著散落的算籌，一臉的欣喜，雙眸帶著點點細碎的粼光，「阿雲，我占了一卦，卦象上說我似乎會有一個小徒弟了。」

「真是奇怪，就連我自己都看不透這個卦象的走勢，這個孩子肯定很特別。有了她這樣的變數存在，或許能帶來無限的可能。」

當時雲娘不太能理解丈夫雀躍的心，如今卻感謝丈夫把這個孩子帶到自己的生命裡。不論其他，這個從小就善良且懂事的孩子，在她的師傅離開之後，比自己更為堅強而樂觀地撐起了這個家，和自己相互依偎著，渡過了最初那段難熬的時光。

袁香兒邀請渡朔和胡青在梧桐樹下的椅子上坐下，她吃驚地發現渡朔身上的鐵鍊不見了。

渡朔將一條細化的鐵鍊擺上石桌，交給了袁香兒，「我打算和妳一起去靈界，帶著這個不太方便，將來……送我回去的時候，妳再把它還給妙道，就說是我自己弄斷的。」

細細的鎖鏈堆在桌上，上頭還凝固著令人觸目驚心的暗紅色，不用想也能知道，渡朔在取下它的時候經歷了什麼。

袁香兒的瞳孔收縮了一下。

「越往靈界深處走，越是妖魔的世界，和人間大不相同，間或還有上古大妖出沒。」渡朔看了南河一眼，微微點頭示意，「雖然有南河陪著妳，但我還是想和你們一起去。」

它不放心袁香兒和南河深入靈界，一探龍穴，想要一起跟去，為此不惜拔出限制自己行動的束魔鎖。

南河開口道，「你把這個弄斷的話……等你回去以後，妙道肯定不會輕易放過你。」

「不放過又能怎麼樣，他左右也只有那些手段，我都見識過了。」渡朔淡淡道。

胡青抱著琵琶的手指抖動了一下，它迅速低下頭，掩飾眼神中的憂心忡忡。

「我也想和你們一起去，」胡青很快地抬起頭說，「我從以前就很喜歡人間的美食，學了不少，這段日子也刻意學習準備了，聽說那位青龍最喜歡吃好吃的，我跟你們一起去的話，或許能幫上一點忙。」

袁香兒看著帶血的鐵鍊，一言不發。

過了許久，她才點點頭，「行吧，我為你們準備客房，你們就在我家中住下，我們過幾日就出發。」

長髮白袍的男子在她面前化為一隻漂亮的蓑羽鶴，展開它寬大有力的翅膀，浮飛上梧桐樹的樹梢。

「這棵樹上留有一種很舒服的味道，我在這裡休息即可，不必過多麻煩。」梧桐繁密的枝葉中傳出它的聲音。

袁香兒在樹下抬著頭，透過層層疊疊的葉片，看見那一點黑白色羽毛。

朋友的好意她已經明白，此刻過多的感謝和言語都顯得蒼白，只需要珍惜地接受便好。

她在梧桐樹的四周布下能夠治癒傷口的金鏃召神咒，並在陣腳壓下靈氣充沛的靈玉。希望渡朔為了她而承受的傷痛，能盡快痊癒。

夜幕降臨之後，袁香兒在屋內聽見梧桐樹下傳來動聽的琵琶聲。

「阿青還捨不得回屋裡休息呢。」袁香兒趴在窗口，朝著屋頂的位置喚道，「小南，你在嗎？」

南河的銀髮立刻從屋簷上垂落，露出它的臉。它倒掛身軀，輕輕鬆鬆地躍下，足尖點在窗臺，一手撐著窗檽，低頭看著袁香兒。

「真好聽啊，我喜歡阿青現在的琴聲，不想再聽見從前那種悲傷的曲調了。」袁香兒靠在窗邊，遠眺夜空中的星辰。

「我也喜歡。」南河從窗臺上跳下，來到袁香兒身邊，「阿香，妳心情不好嗎？」

袁香兒一手托著腮，聽著夜色中的悠悠琴音，「我之前聽說了渡朔的故事，心中有些不忍，因而幫了它一把，不過是順勢而為，解它一時之危，並沒有付出什麼。可是它……」

她沒有繼續說下去，但南河已經懂了。

雖然渡朔說得輕鬆，但依國師那偏執而狠毒的性格，想必不會輕易放過它。除非能夠解除他們的主僕契約，否則渡朔一旦回到仙樂宮內，等待它的日子肯定很殘酷。

因為袁香兒打算進龍穴一探，胡青便忙忙碌碌地蒐集食譜，南河也日以繼夜地提升實力，而渡朔無懼觸怒國師，親手扯斷制約自己行動的枷鎖。

這些妖魔們，不論好惡，總是單純且善良。

袁香兒突然想起自己將烏圓從捕獸夾中放出，烏圓便記在心中許多年，並成為她的第一位使徒；想起她把受傷的南河從森林中帶回來，南河將自己的全都交給她；想起她對渡朔伸出援手，而渡朔不惜代價，只為在靈界中護自己周全……

「我不會再讓它回去了。」袁香兒輕輕說了一句。

曾經順勢而為，模稜兩可的想法，今後將成為她必須做到的目標。

「我不打算把它還給妙道。」袁香兒目光堅定地看著南河，「南河，你覺得我能做到嗎？」

「我和妳想的一樣。」南河握住了她的手掌，「我們一起試試。」

袁香兒很喜歡這樣的南河，它不是說「我會為了妳去做此事」，也不是說「讓我替妳去做此事」，而是「我們一起去」。

我也是這麼想的，我們一起去，一起面對這件事。

這簡直是這世界上最動聽的情話，它意味著你的伴侶對你的認可。他不以你為弱者，而是平等相待，相互扶持，攜手同行。

說起來也很奇妙，明明南河和她是不同的種族，但很多時候，甚至用不著使徒契約，他們彼此之間的心意都是相通的，能感受到對方細微的情緒變化，他們總能相互幫到對方，更有著共同目標。

「怎麼又受傷了，脖子都淤青了。」袁香兒踮起腳尖，看著南河露出來的一截脖頸。

南河扯了扯衣領，「一點小傷……」

然而它的心上人已經湊了過來，本來有些疼痛的脖頸，被那羽毛般的呼吸輕輕掃過，立刻變得酥酥麻麻，「我知道你又要說『一點小傷，舔舔就好』。」柔軟的話音纏繞在南河耳邊，「不過你應該舔不到這個位置吧？不如讓我來幫你？」

那人說著說著，就帶上一股撩人的味道，然而南河已經分辨不出她說了什麼。

袁香兒拉了拉它的衣領，隨後吻上它的唇，用最致命的舌尖，勾出那一抹濃郁的甜香。

出發前往靈界之前，家裡來了一位不受歡迎的客人。

錦繡法袍，神色倨傲，正是妙道那位年輕的弟子雲玄。

袁香兒在院子裡和他說話的時候，三郎一個沒注意，正巧從庭院裡跑過，看見這位曾經追殺過自己的法師，嚇得四肢打滑，想要找地方躲起來。

「果然，這隻小狐狸是被妳藏匿的。」雲玄不悅地沉下臉色。

「道友，三郎已經是我的使徒了，你這是特意來我家找我鬥法的嗎？」袁香兒並不怕他。

雲玄身後跟著一位穿著黑褐色胡服的妙齡女子，正是雲玄的使徒。

隨著主人的情緒變化，那位使徒的半張面孔，瞬間被黑白相間的羽毛覆蓋，雙目頓時化為凌厲的鷹眼，凶狠地盯住了三郎。

狐狸天生就懼怕老鷹，三郎忍不住後腿打顫。

一隻手掌突然從後面伸過來，在小狐狸的頭頂上摸了一把，

「怕什麼。」南河出現在它的身邊，摸著它的腦袋，看了那隻雌鷹一眼。

那位使徒想起當初被南河掐住脖子、拍在地上的情形，瞬間往雲玄的身後躲了躲，悄悄扯了扯雲玄的衣袖。

雲玄想起師尊交代的正事，不得不按捺脾氣，低聲下氣地說，「一隻小狐狸而已，我不是為了這麼一點小事而來的。師尊遣我來一問，如今春日融融，天氣和暖，正是出行的好時節，道友答應師尊之事，因何還不見動靜？」

「這位真人，你有去過龍穴嗎？」袁香兒不緊不慢地在桌邊坐下。

「那隻青龍的巢穴，在靈界深處，那裡……我們不太方便進去。」雲玄的面色微微一紅，他不僅沒去過龍穴，更是連靈界的邊緣都沒踏入過半步。

洞玄教在靈界脫離人間、人妖兩族逐漸分離之後，四處剿滅少量滯留在人間的妖魔，在行動時從來不論老幼，一律斬草除根，毫不留情。是以在妖魔中的名聲很不好，不少僥倖逃脫、進入靈界的妖魔對他們更是恨之入骨。

故而他們不敢輕易進入妖魔的地盤，在那靈力充沛的地界，完全是屬於妖魔的領地，生活著眾多強橫的大妖們，更有上古神獸遊走其間，便是他的師傅妙道仙君，也極少輕易涉足。

「你也知道那裡很危險。我當然也不想平白丟了小命，所以總要做一些準備工作嘛。」袁香兒先前消極怠工，如今已經拿定主意要得到靈珠，卻免不了要先抱怨一番，她將自己整理的資料展示給雲玄，掰算著手指道，「我既要打聽龍族的喜好和龍穴的位置，還要準備足夠的符籙、法器這些東西，有那麼容易嗎？你回去和國師說，請他耐心等著，我肯定會為他跑一趟，至於成不成，我就不能保證了。」

她的這句話裡，隱含了一個巧妙的試探。雲玄沒有聽出來，只是急切地回答道：「妳一定要盡全力，師尊說了，只要道友能為他取回水靈珠，他必定慷慨給予厚贈，我們洞玄教乃是天下玄門正宗，教內奇珍異寶無數，難道道友沒有想要的東西？」

這樣看來，妙道想要得到水靈珠的心，可能比自己想得還要重，只不知道他拿這顆珠子到底要做些什麼，也不知道他捨不捨得用渡朔來交換。

「可是我好像沒有特別想要的東西，」袁香兒露出天真單純的模樣，「而且我想著國師他老人家身邊什麼靈寶沒有，又怎麼會如此執著於這麼一顆避水珠子，說不定就是消遣著我們晚輩玩兒的試煉吧？」

「不，妳千萬不能這樣想，師尊他這些年為了這顆水靈珠，可謂費盡了心力，他對此十分重視。」雲玄說到此處，不免露出豔羨的神色，「說起來，此事對道友實乃天賜良機。師尊有通天徹地之能，這世間不知多少人想得到他的青睞，只要道友能替師尊達成心願，不論是要天材地寶、長生祕藥，還是絕世法器，我想師尊無有不應的。但凡得之一二，在修為之上都可謂大有裨益。」

「那行吧，我盡力而為便是。」袁香兒似乎被說動了。

既然妙道都同意用長生祕藥、絕世法器、天材地寶來換這顆珠子，那麼一位使徒應該也是捨得的。

雲玄在知道袁香兒沒有壞了師傅的託付，心裡鬆了口氣，慎重地從懷中取出一封信箋，「這是師尊的手書，記錄了一些他對靈界的了解，妳可以看看，或許會有所幫助。」

袁香兒接過來，和自己的筆記相互對照。奇怪的是，妙道的字跡看起來十分眼熟。在師傅的書房中，有著眾多手抄的各門派典籍祕法，其中以洞玄教的祕法最多，袁香兒從小看得熟悉，如今看著妙道的信件，才發現那些竟然多是妙道的手筆。

看來這位國師和師傅以前真的是朋友，至少曾有一段時間有過親密的往來。袁香兒在心中這樣想，他那樣痛恨妖魔，卻又和師傅成為朋友，也是一個十分矛盾的人。

天狼山靈界的邊緣，有一座寶石壘砌成的宅院。

此刻的庭院內，九頭蛇頂著掉了四個腦袋的脖頸，憤憤不平地用它餘下的五顆頭顱，七嘴八舌地傾訴：

「那隻小狼太過分了，簡直欺人太甚！」

「妳看看，我沒去找它麻煩，它竟然一次次找上門來，要不是我腦袋多，大概早就死在它手裡了。」

「長出四個腦袋得花好長的時間呢。」

「我早就說了，要趁早下手，你們都不緊不慢的，它現在越來越厲害了。」

「如今該怎麼辦？真是太倒楣了，或許我們又得回到被天狼統治的時代了。」

「哈哈哈，」厭女赤著腳，盤坐在石桌上，指著它哈哈大笑，「你這個樣子太有趣了，它應該砍掉你八個腦袋才對。只留下一個的話，說不定能好看一些。」

「沒辦法了，老友，確實不是對手。剛開始我還能重傷它，現在只能被它追著跑。我對它算是服氣了，已經不打算要天狼的皮毛了。」老者頂著碩大的腦袋，坐在桌邊喝著熱茶，雙手接過婁椿端給它的杏仁酥，「謝謝啊，這個很好吃。」

對許多妖魔來說，實力是最容易讓它們認可的事物，尊敬並且崇拜強者是大部分妖魔的共知。一旦認知到實力的差距，它們會立刻改變自己曾經的態度。

「只能這樣了嗎？」九頭蛇捧著茶杯，看起來萎靡不振，「唉，我可憐的腦袋們，就這樣白白犧牲了。」

「沒什麼關係吧，它還沒有殺了你們的能力，頂多砍你幾顆腦袋練練身手。你們小心地避一避，等它渡過離骸期，不再需要妖丹淬煉身體，就不會這麼凶殘了。」厭女白嫩嫩的小腳垂掛在桌子邊緣搖晃，「而且我聽說了，他們要去靈界深處，尋找那條青龍。」

「是嗎？」九頭蛇和老者開心地互相慶祝，「希望那隻天狼能早日被那條龍吞進肚子裡。」

一聲鶴唳從空中傳來，一隻蓑羽鶴在空中盤桓一圈，停在院子內的一棵蒼松上，化為一位身披白袍的年輕男子，長長的黑髮順著它的肩背散落下來，它立在樹梢，居高臨下地看了庭院中的幾人一眼。

「好……好強大的氣勢。」九頭蛇哆嗦了一下，「它是誰啊？」

老者：「不知道，從前沒見過，不是我們這片的妖魔。」

就在此時，一隻威風凜凜的巨大天狼從天而降，背上還馱著一位人類的少女。

「婁太夫人，阿厭，我剛好路過這裡，順道來看看妳們。」那位少女開心地揮手打招呼。

騎在她身下的天狼轉過眼眸，瞥了九頭蛇和老者一眼，顯然它們剛才的對話都被聽見了。

九頭蛇整個身體都縮小了一圈，被砍斷的四處脖頸也莫名疼痛了起來。

「你們真的要去找那隻青龍？仔細別把自己填到龍的肚子裡去。」厭女坐在桌上，一如既往的冷淡。

「嗯，大概又要離開一段時間，所以特意過來看看妳和婁太夫人。」袁香兒已經習慣了她的彆扭，不以為意，領著南河、烏圓、渡朔和胡青在厭女的院子裡坐下。

因為路途比較危險，便沒有帶胡三郎和錦羽兩個小傢伙。臨走的時候，三郎有些悶悶不樂，袁香兒還特意把它單獨叫到一邊。

胡三郎垂著耳朵，抬起溼漉漉的大眼看她。

「三郎，你看啊，師娘她是凡人，錦羽還是個不能化形的孩子。叫我出門在外怎麼能放心？只好把這個重任託付給三郎啦。」

三郎抬起頭來，「我……我會幫妳看好他們。」

「真是辛苦三郎了。」袁香兒摸了摸它的腦袋，「我們三郎既聰明又能幹，會變為各種形態，還熟悉人間事物。幸好有三郎你在，把家裡交給你我才放心。」

小狐狸頓時挺起胸膛，眼睛亮晶晶的，高高興興地一手拉著錦羽，一手牽著雲娘，把袁香兒等人一路送到大門外。

當然，本來袁香兒是想將烏圓也留在家裡，可是它偏偏在此事上特別聰明，口中答應得好好的，一轉眼就跟了上來，「哼，妳休想忽悠我留下，我爹每次出門不想帶我的時候，都是用這些藉口的。」跟到半路才被發現的烏圓氣鼓鼓地說。

袁香兒只好把這隻小山貓提上來，放到它最喜歡蹲著的肩頭。

「阿厭，妳熟悉那位青龍嗎？」坐在桌邊的袁香兒問厭女。

「不熟悉。」厭女搖搖頭，「只知道很能吃。」

九頭蛇和老者趁他們不注意的時候，正悄悄地往外走。渡朔發現後，舉袖將它們攔下，「和兩位請教一下，知道那隻青龍的消息嗎？」

它口中說得客氣，強大的壓迫感卻如凜冽的刀刃一般撲面而來，激起老者的好戰之心，它抖了抖厚厚的嘴唇，想要放大本體挑戰。

五頭蛇一下拉住它的衣袖，趕緊湊到它耳邊勸說，「寡不敵眾，要是真的打起來，我們在數量上太吃虧了，就是那個人類的雌性都十分厲害，最初我還打得過那隻小狼，正當我在欺負它的時候，就是這個人類突然冒出來，抬手三張靈火符，差點把我烤熟了。」

它脖頸上的五個腦袋頓時轉過來，眼睛微彎，一個腦袋一句話地說了起來：

「我知道那隻青龍。」

「好吃懶做，性格還特別差。」

「每次跑到人間吃東西，都會吃上六十年，回來後除了睡覺以外，啥事都不幹。」

「也不是什麼事都不幹，這位青龍除了喜歡美食，還喜歡漂亮的男妖精，有過不少黑歷史。」

「所以才說龍性本淫，這麼多年來都不知禍害了多少生靈，和牛生了麒麟；和豕生了象；和馬生了龍馬……」

所以說一睡六十年，是指這個意思嗎？

「我以為青龍是男性，原來是一位女性嗎？」袁香兒捂著腦袋問。

「龍族乃是鱗蟲之長，能幽能明，能細能巨，能短能長，它們沒有性別之分，完全依照自己不同時期的喜好來展示外形。不論雌雄都能孵育龍蛋。」

袁香兒感覺自己打開了一扇新世界的大門。

告辭離開的時候，厭女說道：「玲瓏金球可震懾、拘拿一切鬼物的靈體。若是經過酆都幽冥，那裡鬼物眾多，記得用它護身。」

袁香兒蹲下身和它道謝，伸手將它一直戴在頭上的帽子正了正，順便掐了一把它白嫩嫩的小臉。

離開厭女的住處後，又順路去見了虺螣。虺螣送她一個小藥盒，裡面裝有它們蛇族的特效藥。

「這是解百毒的，這是治燙傷的，這是讓敵人手腳無力、四肢癱軟的，這是……」它湊到袁香兒的耳邊，悄悄咬耳朵，「這是做那件事的時候用的，嘿嘿。」

告別的時候，袁香兒騎上南河越飛越高，地面上的虺螣和韓佑之則在依依不捨地拚命揮手。

帶著朋友們的禮物和祝福，一行人向著連綿不絕的十萬大山飛去。

第二咒〈呂役〉

第四章　裡世

厭女的石屋用寶石堆砌，尶尬的木屋用硬木搭蓋，雖然十分別致，總歸也是人類建築的模式。但是伴隨他們一路深入靈界，林中的景象也開始脫離人間的範疇，植物在靈氣充沛的環境下瘋長，巨大茂密且多樣化。

一棵棵參天大樹高聳入雲，樹冠亭亭如蓋地遮蔽了天空。臂粗的古藤四處垂掛，不少蘑菇在潮溼的角落層層疊疊地生長，青綠色的苔蘚點綴著細碎的小花，空氣中飄搖著絲絲縷縷的絨花。

巨大的石像和一些破敗無人的房屋，被繁密的植被覆蓋，昭示著此地曾經有過人類活動的痕跡，或許它們被遺忘在此地上百年，如今只能掙扎著露出一些斑駁的部位，透著悠久古樸的蒼涼之感，沉默地等待自己被完全掩埋的命運。

一個小小的半透明靈體，從露出地面的樹根上用力鑽出來，人形的細胳膊細腿，沒有五官，半透明的小小身軀歪歪扭扭地走了幾步，就開始歡快地在草地上跑了起來。

被靈力滋養的森林間，有無數像這樣新生而懵懂的生靈從中冒出。

一隻巨大的蜥蜴從樹幹上飛快地爬下來，分叉的長舌頭一吐一伸，將那隻才剛誕生的小小靈體捲進口腔裡。

它那冷漠的眼珠頓時轉過來，看了袁香兒等人一眼後，和出現時一樣迅速地離去。

「啊，就這樣被吃了，好像有些可憐，它明明才剛出生。」袁香兒說。

南河道：「靈界內的靈氣充沛，能夠滋生出大量的靈體，同時也在叢林中被大量淘汰，不斷吞噬同伴的靈力成長，最終能成為實力強大的大妖者寥寥無幾。」

「原來妖魔的世界也這麼殘酷啊？」

「話雖如此，數萬年來，隨著時間的積累，妖魔的數量卻也變得越來越多。可是不知道從哪一天開始，天地之間靈氣的流通逐漸變少。靈界和人間界正漸漸被剝離開來。」

「絕地天通，使人妖不擾。看起來像是哪位大能的手筆啊。」

「不論怎麼說，如今幾大靈界之間雖然彼此能夠連通，卻都在漸漸遠離人世，特別是最近幾年，靈氣枯竭得異常迅速，即便是天狼山這樣和人間接近的靈界，入口也在不斷變化和減少。也許再過不了一百年，妖魔所在的靈界就會真正從人類的視野裡消失了。」

這裡正說著話，不遠處的叢林裡穿過一隊飄行在半空中的隊伍，隊伍內的旌旗無風自飄，一位容貌俊美的男子，懶散地坐在一輛華美的肩輿上，肩輿無人挑抬，卻能凌空飛行。幾條穿著衣服、戴著帽子的鯉魚跟隨在轎子四周，游動於森林的綠蔭下一路前行。

袁香兒十分稀罕地看了半天。

又過來一位衣袖飄飄的少女，那女孩面容乾淨，神色冷淡，穿過他們身邊飄然遠去，紫色的衣袖隨著它的飛行被風鼓起，飄飄如仙。但它的身邊卻跟隨圍繞著數個小鬼的頭顱，那些小小的鬼物面色青白，頭上長著尖角，沒有身體和四肢，神色或猙獰或憂愁，嘻嘻哈哈地一路笑去。

時不時還會有詭異的妖魔從身邊路過。

「將來妖魔不會再留在人間了嗎？」袁香兒有些沮喪，對她來說，和這些妖精們生活在一起的歲月奇妙而有趣，但是在未來，這些生命將漸漸從人間消失。

「大家都願意嗎？就這樣離開生活了幾萬年的世界。」

「妖魔的壽命綿長，時間觀念淡薄，我想許多妖魔甚至還沒明白發生了什麼事，便慢悠悠地跟著靈氣走，在靈氣充沛的靈界溜達，以為可以隨時回到人間玩耍。等它們回過頭的時候，身後那個熟悉的人類世界，早已不見蹤影。」

「這對人類來說是一件好事。」渡朔聽著他們的聊天說了一句，「人類的身軀太脆弱了，將來不再和妖魔生活在一起，他們就不用再懼怕力量強大的妖魔，敬畏琢磨不定的鬼神，雙方互不攪擾，各自生活，想必他們能過得更好。」

「世事難料。倒也不一定就是好事。」袁香兒想起自己重生之前，那個沒有妖魔的世界，「人類這種生物，一旦失去了天敵，就會迅速繁衍出龐大的數量，然後開始毫無底線地破壞環境，甚至折騰毀滅自己的武器。而且在靈氣枯竭的世界裡，再也不能修習術法，也無從追尋長生之道。我覺得人類或許會把自己的路走得更窄。」

幾人聊著天，穿出這片森林，眼前的視線豁然開朗，在一片巨大的盆地中，出現了一個眾多妖魔匯聚的集市。形態各異的樓亭臺閣依山疊嶂，五彩琉璃的三層小樓懸空而立，仙樂般的歌聲隱隱迴盪，一道銀白的瀑布從欄杆間流淌出來，高高地傾瀉下去。更高處的山壁上還掛有像是蜂巢一般的巨大建築，有著透明雙翅的俊美少年，不停從六邊形的視窗鑽進鑽出。

在蜂巢下的地面上，微景觀一般的細小房屋連成一片。身材矮小，衣冠齊整，頭上長著觸鬚的小人在其中穿行走動。

街道之上張燈結綵，兩側是熱鬧開張的商鋪和小販，居中穿行著高矮差別巨大且形態各異的妖魔們。

「原來這裡也有集市啊？」行走其間的袁香兒感到十分新奇。

「有的，這是妖魔的集市。還有鬼物的集市，另外也有少量人類的集市。」烏圓蹲在她的肩頭說話。

「這裡也有人類嗎？」

「當然，他們是在最初的時候，隨著靈界一起遷移過來的，但上百年過去了，生活在這裡的人類已經十分稀少。一些千百年前便得道成仙的修士，倒不懼妖魔地生活在這裡，不過這些人已經失去肉身，修成靈體，大概也算不上是人類了。」

袁香兒擠在妖魔中行走，好奇地四處張望，道路上喧嘩熱鬧，除了行人的長相和售賣的東西不同，幾乎和人類世界沒什麼區別。

「新鮮的冉遺魚，食之不寐，可禦凶，便宜賣了啊。」

「畢方的翎羽，稀罕貨，只換不賣。」

「虎蛟內丹，質地純正，走過路過看一看。」

這些妖魔吆喝的東西，袁香兒幾乎都沒有見過。

轉過路頭，一個被眾多妖魔圍繞得水泄不通的攤位，讓袁香兒大吃一驚。

那裡搭建了一個高臺，檯面上布有一張貴妃榻，鋪著軟墊，後設華美的屏風，上頭坐著一個衣冠楚楚的人類男子，他身上既沒有枷鎖也沒有制約，並無流露出袁香兒想像中那副抗拒的神色，而是高高興興地坐在位置上，完全沒有因為自己成為拍賣物，而感到難堪悲憤。

一位身材矮小的妖魔，站在臺上賣力吆喝，「罕見的純種人類，他會煮好吃的食物，會打掃巢穴，會唱歌彈琴，還會縫製漂亮的皮子衣物。只要按月提供金銀和靈石，便可以把這位人類豢養在家。」

展示臺上的那個男人，不過斜歪在貴妃椅上，看看書，喝喝茶，做些人類日常習慣做的瑣碎小事，圍觀的妖魔卻立刻興奮起來。

「啊，好可愛，你有看到他喝水的樣子嗎？還要用那麼小的杯子，一點一點地喝。」

「人類真是脆弱又嬌氣，可是我好心動，好想養一隻，又怕養不好。」

「聽說在數百年前，人類是隨處可見的生物，為什麼現在變得如此稀少罕見了？」說這話的是一隻年紀幼小，出生在靈界不足百歲的妖魔，對它來說，人類匯聚的時代已經是傳說中的故事了。

一些妖魔開始表達自己想要領養的意向。

長著青蛙腦袋的瘦小商販，跳到臺柱邊的木椿上，翻閱手上的一疊卷宗，「窮奇大人，您不符合資格，您有吃人的歷史。人類在裡世已經接近滅絕，不能再充作食物了。」

紅色毛髮，身材魁梧，尖牙突出的強大妖魔不高興地哼了一聲，轉身離開了人群。

它離開之後，一位聲如洪鐘，肌肉虬結，額生雙角的大妖，付了高昂的價格給青蛙商販，買下展臺上稀罕的人類。

青蛙腦袋的商販拿著幾頁密密麻麻的飼養注意事項，逐條講解給它聽：

「必須準備溫暖的巢穴和舒適的衣物，人類的肌膚很嬌嫩，稍微粗糙的皮毛都會割傷他們柔軟的肌膚。」

「食物的準備最重要，在裡世很難找到他們能吃的東西，必須透過專門的管道購買，千萬不能胡亂餵食，搭配的營養和禁忌事項都寫在這上面了。」

「每天必須抽空帶到外面遛彎兒，否則容易因為情緒低落引發精類的疾病。」

「最後，每個月必須給他金銀和靈石作為零用錢，半年要給一次探親假帶他回家。這些都寫在合約上了，不過比起飼養人類的開銷，這不過都是些小事而已。」

那位看起來高大而強壯的妖魔，興奮地搓著手、紅著臉，嘿嘿直笑，「知道的，知道的，這些我都曉得。我曾經養過一個人類，成功把她養到一百二十歲呢。」

妖魔們頓時發出一陣敬佩讚嘆之聲。

「她死的時候，我可傷心了，許久都緩不過來。」高大的妖魔用虎爪一般的手指，抹了抹眼角的淚花，化身為一匹擁有虎爪且頭生雙角的魔物，在買賣合約上印下自己的爪印。

展臺上的男子便款款走了下來，主動站到它的身邊，還伸手順了順它脖頸上的鬃毛。

「啊，受不了。他好乖巧，好溫順。」

「這麼快就主動幫忙擼毛了，聽說人類擼毛的手法特別好，沒有任何一族可以和他們媲美。」

「人類的生活很精緻的，哪怕什麼都不做，就是看他們吃吃喝喝也很有趣。擁有人類的妖魔都是土豪，真是令人羨慕。」

圍觀的妖魔們七嘴八舌地議論著，成功得到寵物的妖魔則小心地將那個人類背在後背，自豪地抬頭挺胸踏雲離去。

袁香兒聽到青蛙長篇大論地說了半天，才驚覺在妖怪的眼中，人族竟然是這樣嬌氣而金貴的寵物。

她忍不住問道：「那個人真的是自願的嗎？居然會有人類願意當妖魔的寵物？」

從小生活在靈界的烏圓，站在她的肩頭說：「在這裡，人類的數量極其稀少，妖魔都十分稀罕人類。選擇被飼養的話，生活起來會輕鬆很多，應該很少會有不願意被飼養的人類吧？我當初就是想看一看人類，又找不到，最後乾脆一不做二不休，跑了無比遠的路，直接溜進浮世，才因此遇見了香兒。」

被顛覆三觀的袁香兒，不得不承認它說得有些道理。

沿著街道一路走過，兩側都是裝飾浮誇的各種商鋪，裡面擺著無數袁香兒前所未聞的商品。

到了華燈初上的時候，他們走進一家熱鬧非凡，掛著「裡舍」牌子的酒樓兼客棧。妖魔對吃飯和住宿的要求似乎十分隨便，因此在偌大的集市內只有這麼一家酒樓，為極少數對生活要求較高的妖魔們提供服務。

酒樓裝潢得熱鬧喜慶，在這裡吃飯的客人大多衣著華美，各個談笑風聲。有清純可愛、後背生出雙翼的少女；也有仗劍在手、一衣如雪的鬼面俠客；還有身形巨大、面容猙獰的大妖；也有袖珍迷你、成群結隊的精靈。

五盆熱氣騰騰的食物端上來後，其他人都埋著頭大快朵頤，唯有袁香兒看見碗中詭異的食材後，根本無法下筷。

難怪妖魔會覺得人類十分嬌氣。它們在對待食物的時候，不僅烹飪的方式簡單快速，食材更是隨意到無法下嚥。

「阿香，別這麼挑食，裡世就只有這些東西能吃，人間那樣精緻的吃食，在這裡是找不到的。」烏圓吸著被袁香兒自動打上馬賽克、不想再看到半眼的晚餐。

「你們吃吧，我啃啃乾糧就好。」袁香兒謝絕烏圓想將它碗裡的蟲狀物分給自己一半的提議。

「是誰說我家的東西沒法吃？」二樓的夾層內，一位女妖的脖子拉得像麵條一樣長。它眉眼精緻、髮鬢齊整的腦袋直接從二樓垂下，來到袁香兒的面前。

袁香兒和它倒過來的頭顱大眼瞪小眼，瞪了半天，還來不及被它那詭異的脖子嚇一跳，那位長脖子女妖便大驚小怪地喊了一聲，「哎呀，居然是人類，嚇我一跳。」

它立刻把脖子收回去，又從樓上小跑下來，邊走還邊用手仔細抹好鬢髮。

這位女子的頭髮全被高高挽起，身穿一件袖袍寬大、錦緞華美的短袍。這種衣服在如今的人世已經不流行了，倒是在數百年前風靡過很長一段時間。

她上身穿著華美的錦袍，下身卻沒有穿任何羅裙或曲裾，只有一條短得不能再短的熱褲，露出一雙筆直的長腿，腿上紋滿青色圖文的紋身，氣勢逼人的圖案配上細長白嫩的雙腿，顯現出一種不拘的美。

「妳是人類吧？我叫厲娘，是這裡的老闆。」那位女子在袁香兒對面的桌前坐下，上下打量她的雙目瞬間有了光，「純正的氣息，是完完全全的純種人類呢。想不到竟然還有這樣的人類，妳是從哪裡來到這裡的？」

「我們是從人間來的。」

「人間？妳是說浮世嗎？時至今日，兩界已經分離好幾百年了。這些年，越來越少浮世的人類誤入這裡，我都快要忘記那邊的樣子了。」

「浮世是什麼？」袁香兒問。

「哦，時間太久了，我忘了你們早就不這麼稱呼了。我們這裡稱你們所在的世界為浮世，稱這裡為裡世。」厲娘掩嘴笑道，「呵呵呵，其實都一樣啦，不過是個稱呼而已。」

它看了看袁香兒面前的食物，有些不好意思地說，「妳吃不慣這些吧？這裡沒有賣人類的食物，需要透過比較複雜的管道購買。如果想吃，妳可以自己去山林中尋一些適合人類的食材，寄放在廚房加工。我這裡也提供住宿，如果你們願意的話，我可以免費讓你們住一晚。放心吧，裡舍是這裡最安全的地方，禁止相互鬥毆。只要是走進裡舍的客人，不管你多麼柔弱，都不允許有人欺負你。」

袁香兒從善如流地和它道謝。

厲娘在前面領路，紋滿紋身的雙腿踏步走在前方，「不用客氣，難得遇到了人類，還是純種的，我挺興奮的，呵呵呵，回頭可以吹噓一下了。」

找到了休息的地方後，南河把袁香兒託付給渡朔，自己則動身去附近的山林間尋找食物。

「阿香，我去幫妳找一些吃的，等我。」南河說。

南河離開後，這邊才剛安定下來，立刻就有妖魔前來敲門。

袁香兒應聲開門，見到的是一位廣袖輕袍，魏晉風流，形容俊逸的男子。或者說是男妖精。

「我聽說這裡來了一位人類的客人，心中極喜，特意趕來一見。」它一邊說著話，一邊展開紙扇輕輕搖擺，瀟灑俊逸，「在下山侍，敢問貴客姓名？」

它看起來一點都不像妖魔，反倒像是一位風流倜儻的文人雅士，只可惜那把雪白紙扇的正反面，赫然寫著「絕世風流」、「無雙美豔」八個大字。

袁香兒千辛萬苦才憋住，沒讓自己笑出聲來。

這大概是一位喜歡人類的生活模式，想要模仿卻仿得有些不倫不類的魔物。

「在下特意在雅座準備了一桌吃食，都是人類可以食用的，我們這就過去吃吧？」它在說話的時候，也努力模仿得像一位名士一般，三句有兩句文縐縐的。

「不用客氣，我們都已經用過晚食了。」袁香兒謝絕了這位突然到來，異常熱情的陌生妖魔。

「啊，果然是純正的血統。這樣的多疑謹慎，是純種人類沒錯了。」那位山侍並沒有因此生氣，反而高興起來，它十分有風度地回應她，「在下自小就稀罕人類所在的浮世，可惜生不逢時，無緣得見。如今那邊十分危險，身為妖魔的我沒機會過去。所以一聽說從那邊來了幾位朋友，就急著想要認識一下，聽一聽浮世的故事，還請不要見怪。」

「不過是一頓便飯，就設在樓下，我都已經讓人擺好菜肴了，還望您萬萬賞個臉。」它又是鞠躬又是作揖，表現出誠懇且真摯的模樣，「只是想聊聊天而已，拜託了。」

袁香兒看它說到了這個份上，加上自己也想和居住在此地的妖魔打聽一下這裡的情況，便點頭答應。

她帶上渡朔、胡青和烏圓一起赴宴。

宴請設置在一間布置豪華的屋內，進出端菜的都是一些全身寫滿符文的木頭傀儡。那些木偶看起來神情呆滯，行動卻十分精準，從不出錯。

端上來的菜肴雖然製作工藝簡單，但確實是人類可以食用的食物。不再像是之前那些恐怖的妖魔軀體，或是詭異的蟲蛇等根本無法下嚥的東西。

儘管袁香兒才剛到這裡不久，卻也知道裡世少有人類可以食用的食材，也沒有人會專門儲備，不易在集市買到。這位山侍君的招待算是盡心周到了。

「阿香不用和我見外，放心地吃吧，我家中養了好幾隻人類，因此這些吃食都是現成儲備的，倒不怎麼費事。」

渡朔暗暗檢查了一下食物，發現並無可疑之處，方才和袁香兒點頭示意。

袁香兒從未來過靈界，渡朔和胡青也數十年不曾回來過，因而多向山侍請教詢問。山侍十分健談，知無不言，言無不盡，彼此很快就熟稔起來。

山侍也和袁香兒細細打聽了人間界的事情。

但凡袁香兒細述一二，它便高興地拍起手來，「原來如此，浮世果然有趣。今日能聽阿香一言，足以讓我回味悠久。」

它從懷中取出一個透明的水晶球，拿摺扇在球上輕輕點了一下，水晶球內便出現了一座懸停空中的宅院。

袁香兒對這棟住宅很有印象，便是他們進入集市的時候看過的，那棟懸在半空中，有流水從欄杆間不斷流落的院子。

隨著水晶球內的畫面開始放大，視野彷彿跟著飛鳥進入庭院，一路瀏覽這座宅院中的風光景色。

精巧的閣樓下是一排長長的木棧道，高高的木樁埋進水中，棧道的兩側具是池塘，開滿大朵大朵的蓮花，一艘畫舫在閒蕩期間，一位身著綾羅綢緞，滿頭珠翠的人類女子坐在船邊，伸出戴著數個滿綠翡翠鐲子的手臂，撥動湖面的蓮花。

那女子容貌十分平凡，在妖精雲集的世界裡，甚至可以說是醜陋了，但她的生活倒是過得恣意奢華。

畫面再轉，進入閣樓，樓臺上一位滿頭華髮、垂垂老矣的男子正拄著拐杖，坐在屋內吃晚食，身邊數名人偶貼身跟隨，端茶遞水，垂肩捏腿，照顧得無微不至。

畫面又轉，庭院依山傍水，白雲繚繞，內裡居住著幾位人類，男女老少，不一而足，唯一的特點，就是人人都生活得十分輕鬆富足，即便垂垂老矣，也不見被嫌棄的情況。

「阿香，這些都是我請到家中長住的人類朋友，他們都說如入人間仙境，快活得不得了。」山侍從几案前走下來，靠近袁香兒，語調溫柔，目光灼灼，「不知道我有沒有這個榮幸，邀請阿香妳一起同住？」

這位山侍相比其他妖魔，顯然更為了解人類的心態，在說話時也轉了一個彎，不直說當寵物，只說做客，給人留了面子。

其實它並未到過真正的人間，甚至也沒辦法鼓起勇氣跋山涉水，跨過遙遠的距離去看上一次，但不知為何它就喜歡圈養人類。今日也只是從厲娘那裡聽說，裡舍來了自己夢寐以求的純種人類，心中歡喜雀躍，帶著籌碼前來，自以為已經十拿九穩，能夠打動任何一位人類的心。

當然，最後還是得到了袁香兒堅定的拒絕。

「這是為何？」山侍漂亮的臉蛋都皺了起來，它看向渡朔和烏圓思索半天，「難道妳已經有主人了嗎？可是我看這兩位是人類的使徒，不可能是妳的主人。」

「抱歉，我真的並無此意。謝謝你的這頓款待，我想我們該走了。」袁香兒站起身來，準備告辭。

「妳有什麼要求都可以提，你們人類喜歡黃金，我可以用黃金給妳建一棟房子。」山侍急切地說道，「妳住在我那裡的時候，我絕不干涉妳的任何行動，如果妳不喜歡我，我就只遠遠地看著妳，難道還不行嗎？」

袁香兒萬萬沒想到，自己成為這位公仔蒐集達人心目中，必須要得到的收藏品之一，只能哭笑不得地拒絕。

山侍因為家境富裕，從小只要有喜歡的人類，無不順利收入自己的宅院，從未有過買不到心儀人類的時候。這下心裡急了，伸手就抓住袁香兒的手腕，「我真的特別喜歡純種的人類，一直想要擁有一位，可惜裡世的人類即便號稱血統純正，還是多多少少有著妖魔的血統。難得遇到妳，又這麼聊得來，我真的很喜歡妳，請妳再考慮考慮。」

袁香兒還來不及反應，屋子的推拉木門便「嘩啦」一聲被拉開，冰冷的寒氣幾乎捲地而來，一隻肥碩的山豬從門外被丟入屋內，直接砸在山侍的臉上。

南河出現在門口，怒不可遏，殺氣騰騰。

山侍推開壓在身上的肥豬後爬起身來，俊俏的面孔被砸得露出一隻長長的鼻子，和一雙尖銳的獠牙。

它捂住臉，看著地面上鮮血淋漓的同類屍體，眼淚汪汪道，「不願意賣就算了，幹嘛獵妖啊！」

夜色漸濃，一路風餐露宿的袁香兒，終於得以在有屋頂和床榻的地方休息。

她躺在裡舍的床上，這大概是她這輩子住過最為奇妙的「酒店」了，人間十分珍貴的各色寶石的原石，在這裡被當作基礎的建築材料。

碩大的紫水晶、黃翡、石榴石和松綠石胡亂地擠在一起，堆砌成凹凸不平的牆壁。天花板上一群身體發光的透明小魚，在悠悠來回游動，為屋子提供照明，柔和的光影遊走在瑰麗的牆面上，細細的五彩光芒在小小的空間內變幻，構成一個奇妙而夢幻的世界。

若是不需要光亮休息的時候，只需將窗戶推開，那些琉璃燈般的小東西便會搖著尾巴，依序從窗戶游出去，懸停在裡舍上空，需要時再開窗招呼它們入內。

這樣「豪華」到不可思議的房間內，卻幾乎沒有任何東西，角落裡只擺著一個巨大的巢穴。

一個用草木和羽毛構建的標準鳥巢，便是提供給住宿的客人休息用的床榻了。袁香兒躺在上面，被枯枝硌得難受，十分想念那個專屬於她的皮毛抱枕。

『小南，在幹什麼呢？』她忍不住用契約呼叫南河。

『嗯，修煉。』

『下來吧？屋子裡比較暖和。』

『妳先休息。』

『還在生氣呢，因為生氣就不想看到我了嗎？』

『……』

南河豎著耳朵等了半天，發現袁香兒那邊的聯繫已經被掐斷了，腦海中突然安靜下來，它努力聽了許久，都沒等到她再傳來任何一句話。

它蹲在裡舍朱紅的屋頂上，看著靈界夜晚的月亮，地面流光璀璨，一些夜遊的妖精們打著燈，帶著七八個伴侶，飄飄蕩蕩地穿行在街道上。這裡是妖魔的世界，容貌俊逸、毛髮美豔的妖魔比比皆是。

阿香該不會不高興了吧？

明明當初覺得，只要能陪伴在她身邊就已經足夠，也下定決心要尊重她種族的習俗，為什麼卻變得更加貪婪了？

看著那隻豬妖抓住阿香的手，說和她聊得來、喜歡她的時候，自己幾乎無法忍耐怒火。

一想到香兒某天可能會抱著另外一隻毛髮漂亮的妖魔，像對自己一樣，撫摸對方的身軀，捏著對方的下巴，勾出那個人的舌頭來親吻，它的心就像被鈍刀慢慢折磨一般，又酸又疼。

不想把那種炙熱的擁抱同別人分享，希望那令人心蕩神迷的吻只屬於自己。

南河的心底頓時升上一種繼承於血脈的欲望，獨占自己伴侶的渴望是那樣的強烈，它不想同任何人分享那些令人神魂顛倒的體驗，只希望獨屬於二人之間。

南河想不明白，為什麼其他人類和妖魔，都可以輕輕鬆鬆地擁有多位伴侶，也接受自己的伴侶同時擁有他人，而自己僅是想想，就已經無法忍受。

南河趴在寒冷的屋頂上，耳朵低垂著，覺得寂寞又難過。

「找到你了！」

熟悉的聲音突然響起，嚇了南河一跳。

一個笑盈盈的腦袋從翹起的屋簷邊上露出。

袁香兒提著裙襬，順著借來的梯子爬上來，小心地踩上光滑的琉璃瓦。

果然，只要一看到她的面孔，任何氣惱和忌妒都會瞬間煙消雲散。

在袁香兒露出腦袋，提著裙襬走向自己的時候，南河的尾巴就已經忍不住地豎了起來，歡喜地在那裡來回搖擺。

它伸出手去拉袁香兒，袁香兒便挨著它坐下，親親熱熱地挽住它的手臂。

「小南辛辛苦苦去為我找吃的，我卻跑到這裡，先和別人吃了好吃的東西，是我沒有考慮周全，對不起。」

南河沒有說話，它轉過身，伸手將袁香兒摟進懷裡，緊緊地抱住她，還把自己銀輝覆蓋的腦袋埋在她肩頭。

「亂發脾氣的是我，不好的也是我。」它甕聲甕氣地說，『阿香，我好喜歡妳，很喜歡、很喜歡的那種喜歡。』心裡卻不斷說著這句話。

它抱得太用力，以致於袁香兒能清晰察覺到它情緒中的酸楚之意。

「南河，你我之間是一樣的，並沒有高低不同之分。你要是有什麼不高興的事，就好好地說給我聽，好嗎？」

南河考慮了很久後才開口道，「我……我希望妳只要我一個人。」

彷彿害怕聽見令自己傷心的答案一樣，它在說完這句話後，加重了手臂的力道，把袁香兒按在自己的懷中，不肯直視她的眼睛。

「小南，你在說什麼啊？」被它抱在懷裡的人伸出柔軟的雙手，輕輕撫摸它的後背，「我本來就只有你一個啊。」

被意外的驚喜砸了個正著，南河的腦海幾乎空白了一瞬。

袁香兒聽見自己的腦海中，傳過一陣亂七八糟的雜音。這個人已經高興得不知道在想些什麼了。

它過了一會兒才鬆開手，並抓住袁香兒的肩膀，急切地說道，「阿香，妳說什麼？」

「我說，我只喜歡你，這輩子都只有你一隻狼，再也不想要別人了。」

裡舍的窗子陸陸續續被打開，一縷一縷的銀色小魚遊蕩而出，在空中匯聚成河，暖黃色的河帶環繞著裡舍，銀河流光，星漢璀璨。

這裡的地勢很高，低頭往下看，腳下是層層疊疊的飛簷，燈火迷離的街道，天空中有無數閃著瑩光的小魚在游動。

南河的眼波裡也有細碎的光，袁香兒此刻的腦海中，塞滿了它歡欣雀躍的聲音，『這是真的嗎？妳真的沒有騙我嗎？』

它是那樣的心花怒放，以致於袁香兒差點被排山倒海的快樂覆蓋住。

她這才發現南河可能誤會了什麼，於是摸了摸它的臉，「南河，你怎麼會這樣想？我們人類也和你們天狼族一樣，是個以一夫一妻為主的社會啊。那些三妻四妾的男人還是占少數，何況，男人和女人是不太一樣的。」

「可是……」那位因為自己的誤會，而苦惱了很久的大妖迷茫了。

原來它一直都在為了這件事情而彆扭。

既然如此，它又怎麼能義無反顧地把自己交給她呢？袁香兒被男朋友單純的樣子可愛到了，決定哄它開心，「不管別人如何，我喜歡上了南河，只要你願意陪著我，我打算這輩子只喜歡你一個。」她抵著南河的額頭，放低聲音說道，「以後都只喜歡南河，只想要南河，只親南河一個，只抱著南河睡覺，好不好啊？」

即便是袁香兒，在說出如此肉麻的甜言蜜語時，還是有些不好意思的，她微微紅了面孔，心跳也逐漸加速。

幸好那位可愛又單純的男朋友，終於學會主動湊過來吻她。

它呼吸灼熱，閉著雙目，用剛剛學到的技巧，小心翼翼地貼近，尋覓著唇瓣，溫柔而克制地探索著令人沉迷其中的世界。

空氣中沒有特殊的誘人甜味，只能聞到銀色髮絲帶來的純粹清香。規矩且小心的親吻，沒有沾染一絲情欲，它像捧著世界上最重要的珍寶，吻得真摯而虔誠。

袁香兒伸出手，摸到了一張溼漉漉的臉龐。

我怎麼這麼糊塗，應該要早一點發現，早一些告訴它才對。

她的腦海中湧進了一堆沒有把持好，而洩露進來的聲音，『我這樣親她是對的嗎？我有沒有做錯？』

『你做得很棒，好到不能再好了。』袁香兒悄悄地回覆它。

本來就坐在屋頂邊緣的二人，因為南河的一時慌亂而滾落下去。

層層飛翹的屋簷和那些朱紅的牆壁，從墜落的二人身邊掠過，螢光小魚也在受到驚嚇後四處飛散。

雖然袁香兒的身體正在墜落，心卻向上飛揚，她看著近在眼前的南河，真想大聲地對它喊一萬遍——

『南河我好愛你！』

不過她不必喊出來，契約真是個好東西，可以讓她肆無忌憚地在南河的腦海中，說著各種愛它的情話。

看著它紅了耳朵，看著它軟成一灘春水，這種感受簡直太美妙了。

快要掉落到地面的時候，南河才化為一隻銀色的天狼。袁香兒一下掉落進一個毛茸茸的懷抱中，被輕輕擁抱著漂浮在半空。

昏暗的夜色裡，銀色的天狼仰面懸浮在無人的路面上，一個人類女孩趴在它的懷中，伸手摟住它的脖子。

二人一言不發，就這樣擁抱著，隨性漂移了許久，視線內逐漸出現暖黃色的光，耳邊也熱鬧了起來。

他們已經在不知不覺間靠近了集市。

在妖魔的世界裡，生活似乎不分晝夜，或者說夜晚的集市比白日更加熱鬧。袁香兒騎著銀白的天狼，隨著街道的人流行走。

他們身邊穿行著形態各異的妖魔，有身形巨大而恐怖的惡鬼，也有容貌美豔的嬌娘，更有俊逸瀟灑的郎君。這些或走動或飛行的妖魔，身軀四周多半懸浮著一些照明的燈籠。形態詭異的燈籠在漆黑的夜晚中，伴隨著主人前進，照亮地面的道路。整條街道因為這些行走遊動的燈籠變得流光溢彩，絢麗多姿。

「你們沒帶燈籠嗎？晚上如果沒帶燈籠的話，這路可不好走。」一個走在他們附近的小妖怪說道。

它把自己挑在手中的燈籠歪過來一點，照亮了袁香兒和南河眼前的路面。只見那些青色地磚的縫隙間，時不時生長出一個個小小的黑色靈體，它們像是地底的蘑菇一樣，突然冒出來，化為沒有五官的小小人形，歡快地奔走了。

若是沒有燈籠的照亮，極易踩到這些不斷生長出來的小小靈體。絆倒自己或是踩死它人都不是一件令人愉快的事。

小妖怪是人類小男孩的模樣，它有著和人類一樣的四肢，穿著一件破破爛爛的衣袍，腳踏草鞋，頭上戴著半個骷髏頭，只露出小小的下巴，那個被它戴在頭上、不知什麼種類的妖魔頭骨，垂落著長長的毛髮，覆蓋住「小男孩」的身軀，使它看起來就像是一隻亂糟糟的骷髏怪。

雖然它手中的燈籠不會自動漂移，但也不是凡物，乃是一個鬼頭燈，那發光的鬼頭八字眉，三角眼，嘴角向下做出愁眉苦臉的模樣，口中還不停念叨，「自己都管不好，還顧著照亮別人的路呢。」

「抱歉，我們家只有這一盞燈籠，雖然囉嗦了點，但它能照得很遠呢。」小男孩笑著說道，露出了一對小小的虎牙，很是可愛，「你們要去哪裡？我可以順道照你們一段路？」

「謝謝你啊，我們住的不遠，自己走回去就可以了。」袁香兒指了指不遠處那雕梁畫棟的建築。

剎那間，大地明顯開始搖晃，遠方也同時傳來整齊劃一的吶喊聲：

「嘿呦嘿呦！」

「嘿呦嘿呦！」

大地隨著這種喊聲，一下一下地震動搖晃。

路邊熱鬧的商鋪迅速熄滅燈光，關閉店門，高樓的燈火也慌亂地熄滅了，游動在裡舍上空的瑩光魚一窩蜂地湧進了屋內。

原本行走在路上的妖魔亂成一團，一哄而散。

袁香兒和不常來到靈界的南河，還沒反應過來發生了什麼，躲進巷子中的小男孩便焦急地向他們揮手，「快，快，你們還愣在那裡做什麼？快躲進來，塗山大人回來了。」

袁香兒和南河才剛躲到男孩的身邊，遠處的雲層裡便亮出點點星火，那是一支點著燈籠的長長隊伍。

小小的星火以異常的速度迅速靠近，剛剛還喧鬧不已的集市，此刻漆黑一片，所有妖魔都慌亂地將自己藏身在陰暗中，伏低著身軀，不敢發出一點聲音。

紫石地面上捲起一股腥風，卻見滾滾雲層間先是降下一隻巨大的利爪，一把抓住一隻躲避不及的鳥妖，毫不留情地將它捲上空中。

淒厲的鳥鳴響徹在寂靜的月夜裡，很快軋然而止，一灘鮮血從天而降，斑斑點點地潑灑在紫石鋪就的道路上，幾滴刺目的血點甚至飛濺到袁香兒的手臂上。

街道的一端又亮起了黃色的燈光，從天而降的燈籠照亮了路面。

「恭迎塗山大人。」

「恭迎塗上大人歸來。」

四處陸陸續續響起膽戰心驚的聲音。

一隊肌肉虯結，氣勢洶洶的妖魔們，簇擁著一個小小少女從天而降。

那少女的容貌清純而秀美，白嫩嫩的小手打著一把紅傘，一臉淡然地向前飛行。

要不是親眼看到被血色澈底浸紅的手臂，和胸前血跡斑斑的衣物，還有那掛著血絲的嘴角，誰都無法從那張單純無辜的小臉上，看出她剛剛一言不發地殺死了一隻巨大的妖魔。

她的身側緊緊跟隨著身材高大、爪牙尖銳的手下，身後還有一隊精赤著上身，抬著巨大籠子的妖魔，它們扛著沉重的籠子，發出整齊的呼喝聲。那些蓋著布幔的籠子邊緣，一路流淌下黏稠的血液，顯然被關押在裡面的，是它此次出征捕獲的戰利品。

這樣一隊詭異而強大的隊伍，像是刮過集市的颶風，肆無忌憚地席捲了一條生命之後，迅速穿越街道，逐漸消失在遠處的黑暗裡。

等到那隊伍的燈光澈底消失不見，躲在角落裡的妖魔們方才鬆了口氣，紛紛露出頭臉。

「這就是塗山嗎？它看起來那麼小，我根本沒有反應過來。」袁香兒摸了摸胸口後站起身。

南河道：「在靈界，實力強大的妖王都有屬於自己的地盤，這附近有一大片區域都是塗山大人的勢力範圍。要走到青龍所在的區域，還有很長一段路程。」

「這裡的妖魔難道不是它的子民嗎？它就這樣的……」袁香兒做了個抹脖子的動作，親眼看見妖王血淋淋地隨手殺戮，讓她有些心驚膽戰。

「大王剛打了場勝戰，肚子餓了，又興奮，誰還管你子民不子民的，只能怪那隻鶺鴒倒楣啦。」他們身邊的妖魔爬起身來，心有戚戚地摸了摸自己的腦袋，「幸好大王出門的次數不多，只要避著點就好。」

袁香兒這才發現，剛剛拉他們躲進這裡的小男孩已經不見蹤影。她想從自己隨身攜帶的荷包中，摸出一張用來照明的符籙，誰知卻摸了個空。

那位一路十分熱情的小男孩，居然是一個小偷！

「怎麼了？」南河看袁香兒的表情不對。

「我居然也有看走眼的時候。」袁香兒又好氣又好笑。人間熱鬧之處多有竊賊，怎生料得到在妖魔的世界，竟然也有一樣的行當。

「我就在妳身邊，竟然沒發現它竊走了妳的隨身之物。」憤怒的南河因為生氣而妖魔化，臉部的上半部分長出了銀色毛髮，「妳回去等我，我必把這個小偷找出來。」

「算了算了，這要去哪裡找？」袁香兒拉住它，「荷包裡也就只有幾張普通的符籙，改天花時間再畫幾張就好。」

回到裡舍的時候，遠遠就聞到一股濃郁的肉香。

胡青正在把南河獵來的山豬烹飪烤熟。它在人間生活了數十年，刻意學習過，十分精通烹飪之術。

它先將豬肉用各種香料醃製，揉搓入味，再刷上醬料和蜂蜜，在碳火上轉著圈，烤得油花直冒。

裡舍的橫梁、地板和各處角落都有著無數雙眼睛，它們隨著越來越香的香氣，齊齊響起了吞咽口水的聲音。

老闆娘厲娘立刻出來趕人，「看什麼看，這是別人特製的，都別看了，滾回去睡你們的大頭覺。」

它趕走了一眾大小妖怪後，自己則扒拉在欄杆邊，長長的脖子繞了好幾圈，恨不得貼到那隻還沒烤好的烤豬邊咬上一口。

「嘿嘿嘿，九尾狐妹子的手藝真好，有沒有興趣留在我這裡幫忙啊？一切待遇都好說。」

胡青不說話，轉著烤豬，在表皮灑上一層薄薄的孜然，那香料的氣味經火焰炙烤，混和著熟了的肉香飄逸出來，勾得厲娘的口水都快流下來了。

袁香兒挽起袖子上前幫忙，纖手舞銀刃，銀光連閃，一片片外焦裡嫩，流淌著肉汁且灑著孜然和辣椒粉的烤肉，隨著她手中的銀刀翻滾，落進托盤中。

「好……好妹妹們，分姐姐嘗一口吧？就一口？」

袁香兒將一塊香酥的豬手放在小碟中，托到厲娘的面前，「這可是我的食物，得來不易，分給姐姐吃倒也不是不行，只是有些事想和姐姐打聽一二。」

「妳說，妳說。」

袁香兒把那碟豬手遞給它，又分裝阿青烤好的肉食，喊烏圓、渡朔和南河上桌。

眾人才剛坐定，厲娘已經連皮帶骨地將整隻豬手嚼了大半，被燙得直咧嘴，「好吃，好吃，浮世來的果然名不虛傳。要是你們能多住幾天就好了，只要你們願意留著，無論住多久，我都可以不收費。嗚嗚，好燙。」

胡青笑了，擦了擦手上的油脂後坐下，「厲娘覺得這道菜肴如何？若是將之獻給青龍大人，不知能否引它睜眼一見？」

「原來你們想找青龍大人啊？」厲娘含糊不清地說著話，「那隻龍的脾氣不太好。」

「雖然你們做得菜很是不錯，但那隻龍可不比我等，它遊歷浮世，嘗遍天下美食。也不知道口味到底刁到什麼程度。」厲娘梗著長脖子，把豬肘子咽下去，眼裡盯著桌上的盤子，「不過它也不是沒有別的愛好。」

「哦？願聞其詳。」袁香兒夾了一大塊豬排給它。

「這還用說嗎？咱們都是女子，肯定明白的。」它手上拿著油汪汪的肉，揶揄地用手肘碰了碰袁香兒，向南河和渡朔擠眉弄眼一番，「但凡妳捨得把其中一位獻上去，我想青龍大人肯定願意從龍穴中出來見妳一面的，嘿嘿嘿。」

第五章　邀請

第二日一早，袁香兒一行準備離開，厲娘依依不捨地將他們送出門。

它心裡掛念著昨晚沒能吃夠的烤肉，恨恨地咬著手裡的帕子，「真的不再多住些時日嗎？非要這麼急著離開嗎？在我這裡住個三五十年再走嘛。」

往來路過的大小妖魔們驚訝不已，伸頭伸腦地張望。

「這幾位都是些什麼來頭？讓老闆娘如此器重。」

「就是，窮奇大人來入住的時候，都沒見過老闆娘如此不捨地相送呢。」

暫住在這間妖魔旅館，對袁香兒來說是一種十分新奇的體驗。她取出一小袋雲娘製作的蜜汁豬肉脯送給老闆娘，感謝它免費招待大家一晚。

厲娘叼著一小塊肉乾，放在口中嚼一嚼，眼睛一下瞪圓了，「嗯？這個也好、好好吃！」

昨天被南河嚇跑的山侍居然也跟過來送行，它收起豬鼻子和獠牙，恢復成那副風度翩翩的模樣。

它捧著一個不起眼的小盒子，小心翼翼地蹭過來，討好地遞給袁香兒，「住在我家的翠花就喜歡這些小玩具，她說只要是人類的姑娘，沒有不愛的。送給妳，妳看看喜不喜歡。」

袁香兒打開匣子，險些被滿滿的珠光寶氣晃花了眼。鴿子蛋大小的夜明珠和晶瑩剔透的各色紅藍寶石，被胡亂裝了整整一匣，隨便拿出一枚，對人類來說，都是價值不菲的寶物。

但在山侍的口中，這大概真的只是稍微有些價值，可以用來哄人類開心的小玩具。

「真的很漂亮，」袁香兒仔細欣賞了一番，蓋上盒子，把匣子推回去，「不過我不能收。更何況，我接下來還要走很長的路，帶著也不太方便。就謝謝你的好意了。」

山侍期待的神情瞬間垂下，「連禮物也不肯收嗎？那讓我摸一下行嗎？就摸一下？」

它的兩眼發亮，搓著雙手，一臉躍躍欲試地想要摸一把袁香兒。

袁香兒無奈地看著它。突然想起自己剛把南河帶回家的那段日子，後悔得只想捂住自己的臉。那時候動不動就想摸南河一把的自己，看在南河的眼中，大概也是這副猥瑣的模樣吧？

摸一把肯定是不能同意的。

好在來的時候，雲娘在她的行囊中裝了不少零食，袁香兒排除豬肉製品後，翻出一包軟糖和核桃糕，把它作為禮物送給山侍，算是答謝昨晚的宴席。

於是厲娘和山侍一位啃著豬肉脯，一位舔著核桃糕，眼淚汪汪地站在裡舍的門口目送他們離去。

「嗚嗚，你們一定要注意安全，回來還要住我這裡啊。」厲娘揮著手絹，情真意摯地擔憂著他們一路的安危。

「阿香，妳好好考慮一下，我隨時都會給妳準備好全金的屋子。嗚嗚。」山侍仍不死心地喊著，看見南河回頭瞪它，才瑟縮地閉上嘴，它知道自己不是那位天狼的對手，不過養寵物嘛，靠得不是戰鬥能力，而是財力和溫柔，山侍覺得自己還是有那麼一絲希望的。

「你這是什麼東西，聞起來好甜，分我吃一塊？」厲娘長長的脖子繞著山侍轉了半圈，盯著它袋子裡的食物直看。

「不行，這是可愛的人類女孩送給我的，我自己都捨不得吃。」山侍珍惜地捂緊袋子。

「不要這麼小氣嘛，我把我的豬肉鋪分你一些。」

「不，妳這個混蛋，憑什麼叫我吃豬肉？」

「吃一口有什麼關係，又不是你身上的肉，真的很好吃。」

騎在南河背上的袁香兒，在走出了很遠後，聽見身後傳來巨大的響動聲。她回頭看去，只見裡舍的門外滾起濃濃煙塵。濃煙之中，一隻獠牙鋒利的巨大豬妖和一隻肢體如同觸手一般柔軟的魔物纏鬥在一起。

袁香兒：「啊，它們倆怎麼打起來了？」

烏圓停在她的肩膀上回頭張望，「沒事的，它們兩個是朋友，我爹說過，朋友之間要多打架，感情才會更好。」

「哦，真的是這樣嗎？」

「其實，那個，好像也不一定，」烏圓撓了撓腦袋，「有一次我看見鄰居家的食朧姐姐，不小心把它最要好的朋友打死了，為了不浪費，它就把它的朋友吃掉了，嚇得我做了一個月的惡夢。」

「食朧姐姐是誰？」

「它的本體好像是螳螂吧？我不知道，我爹說娶誰做老婆，都不能娶它們一族。」烏圓回憶起年少時期的惡夢，哆嗦了一下。

袁香兒想想那樣的場景，同樣哆嗦了一下，覺得十分驚悚。雖然妖魔的世界絢麗多彩，但還是外面的浮世比較適合人類生活。

出了這段熱鬧又繁華的集市，周邊的景色很快又恢復了肅穆荒涼。

妖魔們大都不好群居，各自的住所都分隔得很遠，即便是坐在南河的背上，一路在山野間飛奔，也要走上許久的道路，才會看見一兩個妖魔所築的奇特巢穴。

反倒是數百年前，人類留下的痕跡都藏在那些野草和綠葉之下，時不時露出斷垣斷壁的一角，彰顯著這個世界曾遍布著人類的蹤跡。

那些巨大而威嚴的石製神像，被苔痕和藤蔓爬滿身軀和面孔，寂寞而孤獨地被遺忘在荒野茂林的深處。

走在前方的渡朔突然停下腳步，打了一個手勢，一行人立刻跟著停下，伏低身體，藏進高高的荒草叢中。

片刻之後，石像林間傳來窸窸窣窣的聲響，一隻四肢瘦長的小妖慌忙地衝出叢林。與此同時，一隻全身赤紅的巨大魔物，從一座神像後挾帶著狂風虎撲而出，它用巨大的手掌按住倉皇逃竄的小妖，那隻小妖努力地伸張細長的手臂，還來不及發出叫喚聲，就被紅色的魔物一口咬住頭顱，生生撕成兩半。

紅色的血液飛濺在那座神像的腳下，妖魔肥大的身軀背對著袁香兒等人，它蹲在地上，發出令人毛骨悚然的咀嚼聲。

血腥的一幕還沒結束，袁香兒卻突然發現那石像的頭顱上，不知何時站著一位人類模樣的小女孩，少女的神色冷漠，它赤著雙腿，手握一柄雪亮的長刀，居高臨下地看著腳下渾然不覺的魔物。

正是那位恐怖的塗山大人。

渾身赤紅的魔物似乎察覺到了什麼，慢慢停下手邊的動作，轉動著銅鈴一般的眼珠，緩緩抬起頭來，在看見頭頂上方那個女孩的瞬間，它飛快地丟掉手裡的食物，肥碩的身體以意想不到的敏捷動作從地上彈起來，拔腿向外跑去。

少女纖細而小巧的身軀從神像上躍起，冰冷的刀光在空中閃了一下，那魔物巨大的紅色頭顱便骨碌碌地滾進草地間，女孩這才從空中落下，雪白的小腳輕巧地踩在那顆幾乎比它還要高的頭顱上。

她甩掉刀上的血，轉過頭來看向袁香兒等人藏身的方向，「乖乖出來領死。」

明明是清澈而美麗的大眼，卻在一眼之下，看得袁香兒起了一背的雞皮疙瘩。她覺得自己像是被一隻亙古的巨獸死死盯住，幾乎要咬緊牙關，才能克服心裡升起的畏懼。

南河和渡朔瞬間化為巨大的妖形，雙雙擋在他們的前方，將袁香兒、胡青和烏圓護在身後。

「哎呀，在這個地界，竟然還有敢忤逆我塗山的傢伙嗎？」少女站在巨大的頭顱上，迎風舉起手中的雪刃。

就在戰鬥一觸即發之際，它突然看著渡朔的身後愣了愣。

「咦？這麼年輕的同族？」塗山那張戴著面具一般的小臉，突然有了表情，雙眼彎起，舉袖掩口，「呵呵呵，好可愛啊，許久沒有見到這麼小的同伴了。看在妳的份上，今日便饒恕了。」

它留下這句莫名其妙的話後，提起碩大的紅色頭顱，赤足一點，輕輕鬆鬆地飛上天空，身影很快就在雲層中變得極小，逐漸看不見了，眾人這才鬆了口氣。

經過剛剛那些妖魔的打鬥，纏繞在石像上的藤蔓植物也脫落了不少，露出石像悲憫垂目的面容。

「這些都曾是人類崇拜的古神呢，我親眼見過人類花了好大的力氣來修築這些神像，每日虔誠地跪拜，我還以為他們會永遠崇拜這些神靈。」胡青邊跑邊看隱祕在叢林中、那些大大小小的神像，「想不到才經過數百年，浮世裡的人類就早已將它們全忘了。」

「忘記也不是壞事，」渡朔放慢腳步，站在前方的萋萋草木間等它，「不再被人天天惦記，不再被人時時呼喚，它們才能靜下心來，想想自己真正想要的是什麼。」

「阿青，走了，快跟上。」它向它的小狐狸伸出手。

「嗯，我來啦，渡朔大人。」四肢靈巧的小狐狸搖擺著九條尾巴，飛快地在月光下越過草木紛飛的野地，化身為容顏嫵媚的女子，笑面如花地挽住屬於它一個人的山神。

「人類是這麼健忘的嗎？那麼再過個一兩千年，浮世的人類是不是就會澈底忘記這個世界，忘記我們曾經存在過？」烏圓不滿地在袁香兒的耳邊說，「枉費我這麼喜歡你們。」

袁香兒揉了揉它的小腦袋，「可惜的是，好像確實如此。」

一千年以後，人類會變成什麼樣的生存模式，別人說不上來，但袁香兒可是知道得一清二楚。所謂的妖魔、鬼神在那個時代，都成了傳說中的故事，世界也和如今大不相同，人類將變成那個世界的主宰者。

「阿香，這對人類來說是一件好事吧？」南河抬頭看著剛從天邊升起的天狼星，回想起因靈氣稀薄而遠遷的族人，「靈氣不能在浮世流通，妖魔鬼神漸漸遠離，人類得以安居樂業，互不攪擾，彼此相安，確實對脆弱的人類來說，是一件好事。」

「雖然看起來是這樣……」袁香兒不知該如何回答南河的問題。

數百年前，不知世間哪位大能施展神通，將浮裡兩界分離，阻斷浮世靈氣的來源。從那之後，人類才能漸漸擺脫恐怖的強大妖魔，過上繁榮安定的日子。

雖然無人知曉改變這個世界的人是誰，但從結果來看，那個人或許是真心想要守護在妖魔面前脆弱無力的人類。

即便跨越了千年的時代，袁香兒也不能確定人類最終的宿命，是否因此變得更好。就目前看來，身體脆弱的人類避開了強大的妖魔和莫測的鬼神，從此成為世間的主宰，似乎是一件絕好的事情。

可是失去了對世界的敬畏之心，沒了天敵，人類或許會以更快的速度毀掉自己的世界。他們在小小的星球上無限繁衍，毫無顧忌地破壞所居環境，所有人類都在那個世界緊湊而忙碌地打轉，逐漸忘卻真正的自然和天空，那樣失去靈氣的將來，真的是最好的世界嗎？

再往前走，叢林間漸漸出現了一些漂亮的白色樹木，紫紅色的軀幹上垂掛著潔白柔順的枝條。

那些晶瑩剔透的純白枝條在風中連成一片，輕輕搖擺，空中隱隱傳來細碎悅耳的晶體碰撞聲，如夢似幻，動人心神。

「這是白篙樹，樹上的汁液味道甘甜，食者不飢，可以釋勞，我去取一點給妳嘗嘗。」南河前往樹下，折斷一根白色的枝條，從枝條的斷口處流出一種蜜色的液體，南河將其接在杯子裡，遞給袁香兒。

袁香兒嘗了一口，果然如蜜糖水一般，又香又甜，異常可口。最神奇的是，她不過才喝了幾口，飢餓感便散了好些，奔波了一天的疲憊也都消失無蹤。

「太神奇了，我可以多裝一點帶在路上喝嗎？」

袁香兒拿出水壺，分開白色的枝條，正當她準備折斷枝條，卻看見有個男孩站在另一棵白篙樹下，正和她做著一樣的事情。

那個小男孩也看見了袁香兒，二人彼此一愣，它迅速丟下手中的枝條，轉身就跑。

南河的身影已經越過了袁香兒，迅速向前追去。

「抓住它，它就是那個小偷！」袁香兒指著那個逃跑的身影喊道，以飛快的速度追上。

烏圓扒拉在她的肩頭，被顛得直喘氣，「什麼小偷？」

「上次和你說的，在集市上偷了我荷包的小偷。」

「什麼？偷了阿香的東西？快！抓住那個不要臉的小賊！」烏圓大喊。

五人齊齊向著那身材矮小的男孩追去，小男孩的身影在白色的樹林間左閃右閃，異常靈活，顯然對此地極為熟悉。

「奇怪，他看起來不太對啊。」烏圓趴在袁香兒的肩膀上，打開它的真實之眼，

「他看起來不太像妖魔，好像是……沒錯了，是一個人類。」

「人類？」袁香兒大吃一驚，「不可能，人類的孩子有辦法跑這麼快嗎？」

「我說不上來，反正他確實是一個人類，或許他用了什麼特別的辦法，才能跑得這麼快。他披著那個骷髏和毛髮，大概是為了帶點妖魔的氣息，好混跡在妖魔中，畢竟大部分的妖魔都是依靠氣味來識別人類的。但我不一樣，我一眼就能看穿他。」

雖然那個男孩逃跑的速度異常迅速，卻還是被南河追上了。

就在南河的手即將抓到他肩膀的時候，一隻手掌突然從旁伸出，截住了南河的手。

來者是一名年輕的人類男子，他和南河二人各自彈開數步，又揉身而上，迅速衝撞到一起。

待袁香兒等人趕到的時候，南河和突然出現的男子，已經拳腳交加，過了十來招了。

袁香兒停下腳步定睛一看，和南河交手的是一位人類，衣著破舊，眼神冰冷，凌亂的鬈髮胡亂抓在腦後，左眼上留有一道醒目的傷疤。

對於南河的戰鬥模式，袁香兒還是很熟悉的，在結下使徒契約後，她隨時都能知道南河的動態，因此經常跟去天狼山內偷看，知道平日裡對自己軟綿綿的南河，在打起架來的時候，是多麼的凶狠。或許是因為從小就在危險的環境中長大，才練得一身戾氣。

很多時候，敵人是被它不要命的打法嚇得膽怯三分，更有直接夾著尾巴退讓逃脫的。

但眼前這個人類模樣的男子，卻彷彿和南河一個路數。

兩人撞在一起時，各自出的都是殺招，一頓拳腳之後，那人倒退了十餘步。他伏低身體卸掉慣性，伸手抹去嘴角的血絲，腳下一頓，再次衝向南河。

「這也是人類嗎？」烏圓遲疑了一下，「不不不，我看出來了，他不是純正的人類，他身上混著妖魔的血統。」

「偷東西還敢挑戰我南哥，看我去撓花他的臉。」烏圓想跳下去湊熱鬧。袁香兒眼疾手快地提起小貓的後脖子，「他看起來不是南河的對手，我們且看著就好。」

「一個半妖，在近戰上能和南河旗鼓相當，挺厲害的呀。」胡青同樣停下腳步，站在袁香兒身邊觀戰。

袁香兒對於妖魔間的戰鬥不夠了解：「這樣算是很厲害嗎？」

「南河的近身戰鬥是十分強悍的。」渡朔也在一旁觀戰，「姑且不論術法，如果只論近戰，便是我對上南河，也都沒有取勝的把握。」

戰鬥愈演愈烈，但南河顯然還沒有盡全力，所以大家也只是站在一旁觀戰，還沒有出手相助的打算。

但下一刻的戰況卻急轉直下，就在南河擊倒那人，準備出手鎖拿的瞬間，倒在地上的男人卻抬起頭來，眼眸中出現一片綠芒，空氣在那一瞬間變得溼潤，彷彿萬物都開始舒展，周圍那些白篙的枝條輕輕搖擺，發出玻璃般的碰撞聲，無數的植物藤蔓開始瘋狂蠕動，很快就纏繞上南河的雙腿和身軀，限制住它的行動。

「阿駿，跑！」那人在困住南河的同時，也不再戀戰，口裡招呼一聲，果斷開始逃跑。

「想跑可沒那麼容易。」渡朔輕笑一聲，伸出一根手指，向前方凌空一指。

正在飛奔的男子彷彿被空氣中某種無形的力道壓了一下，他從半空中掉落，在地上滾了一圈，卻又迅速翻身而起，繼續向叢林深處奔去。

但也因為這短暫的耽擱，已經使他失去了逃跑的時機。一聲憤怒的狼嚎響起，在漫天斷裂飛散的藤蔓中，出現了一隻巨大的銀色天狼。凶狠的天狼搖動鬣髮，一躍而出，張開大嘴一口咬住企圖逃跑的敵人。

「不，別傷我哥哥。」偷了袁香兒荷包的小男孩，從白篙樹林間連滾帶爬地跑出來，「我把東西還給你們，別傷我哥哥。」他的腦袋上戴著妖魔的骷髏，身後披著獸皮，一路飛竄出叢林，雙手高舉著袁香兒的荷包。

「混蛋，阿駿你先跑，他們是妖魔，快跑！」被南河咬住的哥哥從南河的口中伸出手臂，一面不顧傷勢地爆發出力道來反抗南河，一面開口阻止自己的弟弟前來送死。

名叫阿駿的小男孩，已經不管不顧地跑到了南河面前。在天狼巨大的體型之下，他的身軀顯得十分瘦小，但他還是立刻匍匐到南河的腳下，把腦袋埋在土裡，雙手哆哆嗦嗦地舉在頭頂，捧著那個荷包，「我把東西還給你們，大人，請饒恕我一次吧，求求你們了。」

南河瞇起細長的眼睛看了他片刻，把他受傷的哥哥吐在地上，化為人形，伸手接過他的荷包，將其遞給袁香兒。

袁香兒打開荷包一看，雖然符籙沒有缺少，但放在荷包裡的幾顆桂花糖卻不見了，她一語不發地看著偷了她東西的小男孩。

這個男孩六七歲的年紀，混跡在市井之中，該討喜的時候很能討喜，該求饒的時候，也能毫不猶豫地跪地求饒，已經算得上十分圓滑。能在這個年紀便這樣成熟的孩子，想必生活得不容易。

被阿駿扶起來的兄長，似乎從袁香兒細微的神情中看出了什麼。

「你還欠人家什麼沒還？」他低聲詢問努力攙扶著自己的弟弟時駿。

時駿低下小腦袋，在口袋摸了半天，髒兮兮的手掌一攤開，掌心裡放著一顆用糖紙仔細裹著的桂花糖，「對、對不起。都被我吃了，只剩這一顆，本來是想留給哥哥你的。」他可憐兮兮地和哥哥道歉。

他的兄長看了他半晌，轉過身取出一塊不太起眼的靈玉，「我們用這個抵。」

「可是哥哥，這是你拚命打贏比賽才得到的。」他癟著嘴，眼眶裡迅速包起了眼淚。

父親去世後，家裡欠了不少錢，日子不太好過。哥哥時複雖然很厲害，卻不願意像他一樣，在集市上混一些快錢還債。每一塊靈玉都掙得十分不易。可是每次只要他被兄長發現偷了東西，時複總會狠狠教訓他一頓。從前時駿不太理解，直到今日，害哥哥差點丟了性命，付出不輕的代價，他才有些後怕起來。

時複沒有看他，只是看著袁香兒，

這裡是靈界，靈氣充沛，不怎麼起眼的靈玉不算是很值錢的東西，但抵幾顆糖果總是綽綽有餘的。

「不必了，幾顆糖果而已，收回去吧。」袁香兒說。

時複拉住想要上前收回靈玉的弟弟的手，警惕地慢慢後退，最終拉著弟弟，轉身隱沒進白篙林的深處。

等到兩兄弟遠離後，南河看著白茫茫的一片林子說道，「看來這附近應該有人類居住的村落。」

靈界分離之後，有少量人類因為總總原因，被遺留在這個世界。這裡的白篙樹對人類來說，好吃又容易飽腹，留在裡世的人類都喜歡群居在白篙林的附近，據說成片的白篙林會誕生樹神，守護著生活在周圍的人類。

「是嗎？會遇到人類嗎？」袁香兒有些期待。

他們已經進入這個世界一段時間了，在沿途看見各種奇形怪狀的生靈，讓她帶上一種思鄉的情緒。一想到可能會見到自己的同伴，袁香兒便十分開心。

果然，穿出白篙林後，出現一片由紅色岩石構成的峽谷。

狹窄的古道，兩側是光潔如鏡的紅色石牆。從峽谷中穿行而過，可以清晰地看見一行人在石壁上的倒影。

袁香兒側目看去，自己的模樣和現實中一般無二，可是走在她身邊的南河明明是人形，在石壁中顯現出來的，卻是一隻雄壯的天狼，南河的身後是一隻形態優雅的蓑羽鶴，正邁著長腿，不緊不慢地走著。

狐狸模樣的胡青跟在蓑羽鶴的身邊，它的身後還有著九條長長的尾巴。

蹲在袁香兒肩膀上的烏圓，正奶聲奶氣地說著話，彷彿比它變化出來的模樣還要更幼小一些。

「不可能，我才沒有這麼小。」烏圓不高興地說。它努力把自己的外形變得更加成熟威風，但石壁上的影像卻毫無變化。

「這叫赤血石，赤血石構成的天然石壁，能映出生靈原本的模樣，任何術法變化在它面前都沒有作用。」胡青解釋道，「可惜的是，切割下來的石頭卻會失去這種奇特的效果，所以也只能在現場看，並沒有什麼作用。」

胡青邊說邊看著石壁，它用細長的前肢，摸了摸自己尖尖的臉頰，自己的原形還算整齊漂亮吧？毛髮也十分乾淨有光澤，應該沒有在渡朔大人面前丟臉吧？

袁香兒正一臉新奇地看著鏡中的景象，伸手搆住南河披散在身後的銀髮。

「我們南河的毛髮好漂亮啊，像星星一樣亮晶晶的，鏡子裡外都一樣呢。我們烏圓也好可愛啊，比真實的樣貌更可愛了。」

真希望渡朔大人也能像阿香這樣，摸摸我的腦袋啊。九尾狐捲了捲九條毛茸茸的長尾巴，忌妒地想著。

很快走出峽谷，眼前豁然開朗，出乎袁香兒意料之外，峽谷內是一個和人類世界大不相同的小鎮。

四面環山的小鎮內有著整齊劃一的道路，那些搭建在路邊的房屋奇特而古怪，有用妖魔骨骼做成的屋粱和屋脊，有用特殊彩色薄膜糊成的窗戶，還有用碩大貝殼頂成的屋頂。

穿行在街道上的人類一個個容貌俊美，身材勻稱，身上穿著的衣服是記載於書籍上數百年前的款式。

符紋咒語在這裡似乎被廣泛應用，街道上行走的車輛並沒有馬匹牽引，而是在車輪上描繪了精密的符咒，鑲嵌著靈玉，自行滾動前進。

掛在屋簷下的燈籠也不點蠟燭，而是用可以汲取天地靈氣來發光的植物來取代。

街邊的小店裡擺放售賣著各種妖魔面具，時駿戴在頭上的骷髏頭，也是這裡常見的款式。

總而言之，生活在妖魔雲集的裡世中的人類，生活似乎已經和浮世大不相同了。

路上的行人見到袁香兒一行出現後，無不露出了稀罕好奇的神色。他們遠遠地看著袁香兒和她倒映在石壁上的影子，交頭接耳地相互討論著。

過了片刻，一位婀娜多姿、妖嬈秀美的年輕娘子分開人群，小心地靠過來招呼，「姑娘看起來不像本地人？不知仙鄉何處？」這位娘子滿面笑容，熱情而親切，帶著一絲打量和好奇。

袁香兒眨眨眼睛，忍不住向著石壁來回看了幾次，面前這位貌美如花、身材窈窕的小娘子，在石壁上的影子卻十分矮胖，面上還長著一塊塊異色的斑紋，實在和她出現在袁香兒面前的形象天差地遠。以致於袁香兒分了神，幾乎接不上她的話頭。

「啊，我是從浮世來的。」她勉強壓住吃驚，沒顯得過分失禮。

聽到這句話後，人群瞬間熱鬧了起來，「從浮世過來的人類？已經有上百年沒聽說過有浮世的人來到這裡了！」

「是純種的同族？好少見啊，完全沒有用術法改變容貌，真是和赤岩上的影子一模一樣。」

「浮世的姑娘，天生就這麼漂亮嗎？」

「她還帶著妖魔的使徒呢，好厲害啊。」

人們一個個圍攏上來，七嘴八舌地議論著，這裡的人們對於從浮世來的同伴，似乎比對南河這些妖魔更為稀罕，他們甚至熱情地邀請袁香兒去自己的家裡做客。

「難得有從浮世來的客人，小娘子去我家歇個腳，我家正好釀著上好的鹿胎酒，能夠招待客人。」

「還是去我家吧，我的屋裡備有取暖的法器，一室如春，可以好好休息。」

「都別和我搶，我家的庭院很大，可以品茗賞雪，去我家最是得宜。」

袁香兒有些應接不暇。

眼前的每一個人，放在外面的世界來看，都可以算得上容姿俊美、器宇不凡，卻都和他們在石鏡上的倒影相差甚大。顯然這裡十分流行用術法改變容貌與身形。

正在混鬧期間，一隊衣著鮮亮的僕從分開人群，只見那鈿轂香車，華蓋朱輪，無馬自行，碌碌而來。

容貌俊美的僕從掀起車簾，扶下一位翩翩如玉的郎君。

「郡守大人來了。」

「見過郡守大人。」

「小娘子，這位是牧守我們這一方天地的郡守大人。」圍觀的百姓們紛紛行禮，為袁香兒介紹他們這一塊土地的管理者。

這位年輕貌美、派頭不小的郡守大人下得車來，在侍從的簇擁下越過人群，先是抬首瞭望石壁上的影子，而後高興地點了點頭。

但他自己卻十分小心地，避免暴露在石壁照映的範圍內。

「躲那麼遠也沒用，你別看他長得人模人樣，其實又矮又肥，滿臉的疙瘩。」烏圓悄悄地把自己眼中的畫面告訴袁香兒，吐了吐舌頭，「是這裡最難看的一個。」

「客人遠道而來，本地已有數百年沒有接待過浮世之人，當以貴賓待之，還請貴客隨我入郡守府休息。」那位俊美而年輕的郡守大人笑著相邀。

袁香兒想要婉拒，但那位郡守已經喚來軟轎香車，一行人連同沿途百姓，熱情地簇擁著袁香兒等人來到郡守府。

峽谷的土地也不過是浮世中一個普通村鎮的大小，放眼望去，居民數量也不算多，但因為是遺落的世界，這位地方官員給自己封了「郡守」這樣的高位，並搭建了氣勢不凡的郡守府。

大塊赤紅石搭蓋的府邸軒昂壯麗，是整個鎮子中最華美的建築，居中一棵高高的白篙樹長出了庭院，樹下擺放著供桌香爐，樹上掛著祈禱的彩幡，十分顯眼。

郡守親自將袁香兒一路迎進府邸，在白篙樹下設宴款待。

「鄙人姓呂，家主乃是周王室近臣。姑娘從浮世來，不知當今天下局勢如何，是否知曉我族於浮世的血脈是否依舊安泰？」呂郡守介紹起自己的身世，並詢問袁香兒浮世的情形。

「現在已經不是周朝了，早就改朝換代數次，呂氏倒還是大族，雄踞在東北一帶。」

呂郡守聽說世間已經改朝換代多時，不免唏噓了幾句。

羽扇綸巾、眉目如畫的濁世佳公子，低頭為逝去的故國嗟嘆，要不是烏圓不停用使徒契約洗腦袁香兒，袁香兒險些都被他的外貌矇騙了。

『我看出來了，他有一點蜥蜴的血統，妳看他正在吐出分叉的舌頭，我不喜歡蜥蜴。』烏圓在袁香兒的腦海中說道。

袁香兒寒毛豎立，她有些害怕這種冷血動物，起了一背的雞皮疙瘩，勉強穩定心神地看著呂郡守那張白皙漂亮的面孔。

「在座的幾位都是妳的使徒嗎？姑娘真是厲害，能以妖魔為使徒，難怪能獨自走到這裡。」

「它們都是我的朋友，多虧它們的幫助，我才能平安走到此地。」

呂郡守並不像浮世的人類那樣懼怕妖魔，他甚至向著南河和渡朔，各自敬了一杯酒。

但南河和渡朔卻對他十分冷淡，他也只好敬畏地舉杯為禮，不敢再招惹，他們似乎都明白妖魔的強大，也了解妖魔的性格。

「我在古書上看過，浮世的人類都是純種的，而且不願意接近妖魔？」呂郡守扶袖為袁香兒添酒。

『他手上一半的皮膚都是鱗片，黏糊糊的，我才不要喝他倒的酒。』烏圓繼續吐槽。

「是的，在浮世中，大部分的人都害怕妖魔，也極少接觸。」袁香兒一邊聽著烏圓的吐槽，一邊擺出笑臉應酬呂郡守。

「原來如此，真是可惜。在這裡的純種人類，若是去妖魔的巢穴工作，收入很是不菲，福利也很好。在我們鎮上的百姓，但凡找個好主家，都能得到大把的黃金靈玉，每月還有固定的休沐日呢。」呂郡守貌似隨意地介紹裡世的情形，輕輕抬起漂亮的眼眸看向袁香兒。

「聽起來確實很不錯。」雖然她嘴上這麼說，心裡卻不認同。對她而言，即便待遇再好，她也不太願意成為別人的寵物。

「古籍上面記錄著浮世的生活，和我這裡大不相同，令人十分好奇。聽說你們的燈籠是使用明火，那樣不會燒起來嗎？」

「浮世沒有白篙，百姓會不會因為糧食短缺而餓死呢？」

呂郡守對浮世十分好奇，問了不少問題，庭院中美麗而巨大的白篙枝條隨風飄搖，傳來細細碎碎的聲響，如夢似幻，袁香兒抬頭看著冰雪一般漂亮的枝條，「這種樹木確實十分神奇，它的存在讓人類的生活便利了許多，為什麼浮世沒有這種植物呢？」

「這棵白篙是我們赤石鎮的守護神，它賜予我們人類的，不僅是食物而已。」

年輕的郡守坐在樹下，虔誠地合攏雙手，向著庭院中的擎天巨樹朝拜，他在祈禱之後回過頭來，「如果妳在赤石鎮居住得久了，會和我一樣感謝白篙神的恩賜。」

漫天白色的枝條輕輕搖擺，發出清脆的聲響，彷彿在回應他。

隔離了數百年，即便曾是相同的祖先，浮世的人類和這裡的人類的生活，似乎已經發生了巨大的改變。

呂郡守和袁香兒交談了許久，對彼此的世界感到不可思議，他這裡的食物美味，美酒香醇，還有夢幻般的景致，使得宴席上賓主盡歡。

「這樣看來，浮世的生活並不如這裡，」宴席的最後，呂郡守舉杯相敬，「阿香願意定居在這裡嗎？我等必將掃榻以侍。」

袁香兒有些酒意，擺擺衣袖謝絕，「人人都有故土情節，在我心目中，裡世固然美麗玄幻，但在浮世的人類還是自由一些。等我辦完事後，肯定會回去的。」

那位年輕的郡守坐在白篙枝條的陰影下，樹蔭遮蔽了他俊美的容貌，久久沒有再傳來他的聲音。

第六章　危機

第二日一早，袁香兒堅決辭行離開，呂郡守也沒有執意挽留，而是親自驅車將袁香兒送出峽谷，這讓袁香兒鬆了一口氣。

出峽谷的時候，袁香兒在街邊擁擠的人群中，看見了時複和時駿，然而時複只是淡淡地看了她所在的車架一眼，便轉頭隱沒進人群。

袁香兒到了峽谷之外，客客氣氣地和前來送行的人們道別，呂郡守掀起車簾，下得車來，展袖行禮，笑盈盈地說，「我想，我們還是有機會再見面的。」

離開人類居住的赤石鎮，一路越發荒蕪，除了偶爾出沒林間的妖魔，再無他事。

夜裡的山林十分寒涼，袁香兒和往常一般，靠著南河溫暖的身軀睡覺。

「小南，雖然這裡也有人類，但我覺得他們好像已經和我有點不一樣了。」她陷在柔軟的毛髮裡，看著夜空的星辰，「這樣想想，好像有點孤單。」

「還有我陪著妳。」

「哈哈，是的，我還有小南呢。」袁香兒翻了個身，抱住南河毛茸茸的大尾巴。

「小南，你喜歡浮世還是裡世？」

「浮世。」

「為什麼？」

「因為我在那裡遇見了妳。」

袁香兒笑了，她在寂靜的寒夜與滿天星斗中，陷在溫暖的毛髮間進入夢鄉。

「阿香，阿香。」昏昏沉沉間，她依稀聽見有人在喚她。袁香兒睜開眼，看見不遠處有一棵軀幹紫紅、枝條雪白柔軟的大樹。

樹木下粗大的樹根突出在土地之上，南河俯臥在那些樹根上，抬頭喚她。

「怎麼了？南河？」袁香兒急忙走上前，空氣中瀰漫著一股奇特的甜香。

「阿香，幫幫我。」那個男人銀色的長髮傾瀉一身，一條毛茸茸的尾巴頓時冒出，迎著袁香兒的視線輕輕搖擺。

「怎……怎麼幫？」袁香兒覺得喉嚨有些發乾。

「妳知道的，妳總是喜歡這樣欺負我。」南河撐起上身，輕聲呢喃，「還能怎麼辦呢？誰叫我這麼喜歡妳。」

「阿香，快過來。」

袁香兒猛然睜開雙眼，面紅耳赤地從夢境中醒來，只覺心中怦怦直跳，彷彿忘記了些什麼。

根本沒有什麼白篙樹，也沒有樹下旖旎的畫面。南河蜷在她的身邊，閉著雙目，規規矩矩地睡得正香。它依稀感覺到袁香兒的動靜，把夢裡那條春光無限的大尾巴，密密地蓋到袁香兒身上，防止她著涼受風。

袁香兒躲在溫暖的毛髮中，捂住了紅透的面孔，雖然知道自己饞南河的身子，但難道已經猥瑣到，會無端做起春夢的程度了嗎？

「啊，居然有這麼小的神龕。」袁香兒撥開草叢，她在一棵粗大的梧桐樹下發現一座小小的屋子。

細細小小的瓦片上爬滿苔蘚，已經看不清昏暗的屋簷下供奉的是什麼神靈。

「這多半是供奉樹神。」胡青在袁香兒的身邊蹲下，「從前人類崇拜且敬畏一切力量強大的生靈。不論是靈物、妖魔或修士，只要能夠親近庇佑人類，人類都會為它們修築大大小小的神像。上到那些絕地通天的大能們，下至村子裡聚靈而生的植物妖獸，都有供奉膜拜的人類。」

不知道這棵巨大的梧桐樹，獨自在這荒山中生長了多少年，褐色的軀幹粗壯到數十人都無法合攏。

這裡或許也曾是人類生活過的村落，如今早已沒了人類的蹤跡，唯獨這棵樹下的小小神龕，仍然被孤單地保留著。

袁香兒伸出手，將神龕前的雜草拔了，一縷陽光照進了小小的屋子，依稀可以看見神龕裡神像的頭髮上，雕刻著一條古樸的緞帶。

原來是梧桐樹的樹靈啊，曾經也生長在人類的村莊裡，深受人類的喜愛和尊敬。她不由想起在自家的庭院中，那棵伴隨著自己長大的梧桐樹。

竊脂在樹上居住過，師傅在樹邊的石桌上，手把手地教自己畫符籙，烏圓和錦羽在樹下玩著翹翹板，那層層疊疊的綠蔭見證了她無數的歡樂。

袁香兒站起身，抬頭看著眼前的梧桐樹，輕輕摸了摸粗糙的樹幹。

「謝謝。」一道徐緩的聲音在袁香兒的耳邊響起。

袁香兒眼前一花，瞬間被帶進另一個生靈感知的世界。

眼前的畫面似從很高的地方向下看，無數的人類圍在她的腳下，歡喜地載歌載舞，她彷彿變成了一棵大樹，人們在樹枝上掛上彩色的經幡，捧來祭品，修築神龕，跪在樹下祈禱。

「樹神，阿山哥哥明日來我家提親，請您保佑一切順利，我好喜歡他，希望這輩子都能和他在一起。」一位少女撫摸著樹木的軀幹，紅著面孔祈禱，袁香兒能感覺到她手心柔軟溫熱的肌膚。

「樹神大人，我很快就要生娃娃了，保佑我這次生個大胖小子吧。」一位即將臨盆的孕婦護著圓鼓鼓的肚子，一臉幸福地抬起頭看著大樹。

「家裡的牛走丟了，樹神大人，請幫我找一下吧，否則我會被阿爹揍死的。」年幼的放牛娃一把鼻涕一把眼淚，坐在樹根上哭泣。

人們的悲歡和喧鬧似乎感染了袁香兒，或者說是袁香兒所在的這棵樹，讓她看見這樣的熱鬧，也因此有了開心和愉悅的情緒。

不知從什麼時候開始，這附近變得有些冷清，來到樹下的人越來越少，「樹神大人，我們要搬走了，不知為什麼最近這裡的妖魔越來越多，聽說東邊的土地適合人類生存，我們打算搬過去看看，將來會再回來看樹神大人的。」

當初站在樹下求姻緣的少女，已經變成成熟的婦人，挽著包裹，牽著大大小小的孩子，站在樹下辭行。

人類果斷地遷移後，這附近再也沒了吵鬧喧嘩的聲音，澈底寂靜下來，就連人類留下的那些房屋，都在一點一點地崩塌，消失在塵土中，再也看不出痕跡。

「人類真是無情的生物，我從小就陪著他們長大，可是他們欺負我沒有可以移動的雙腿，說走就走了，把我一個丟在這裡，長達幾百年。」

一位頭髮上束著緞帶的女孩出現在樹枝上，坐在袁香兒的身邊，它盪著半透明的雙腿，托著腮看著空蕩蕩的樹下，嘟著小嘴抱怨著。

一種寂寞的情緒如同潮水一般，漫過袁香兒的心頭。

那位女孩轉過臉來，看著坐在身邊的袁香兒，在溫和的陽光下露出笑容，「對不起啊，不小心把妳拉進來了。」它握住袁香兒的手，輕輕推了她一把，「很久沒看見人類了，真是開心，我送妳出去吧，謝謝妳。」

袁香兒一個恍惚，發現自己依舊站在那棵古老的梧桐樹前，她的手掌還扶在樹幹上，胡青站在她身邊，正抬起頭來看她。

原來時間只過去了短短一瞬間，剛才看見的那些光景，是來自眼前這棵樹木悠遠的記憶而已。

「你……」袁香兒抬頭看著遮天蔽日的巨大樹冠，「我在不久之後，會回到人類的世界，如果你願意，就給我一根你的枝條，我可以把它種在人類生活的世界裡。」

過了片刻，彷彿有風吹拂，繁密的枝葉響起細細響聲，從空中落下了一截小小的樹枝，嫩嫩的枝條前端捲曲，帶著兩片小芽，瑩瑩有光，富含靈氣，可保它即便離開主幹許久，也依舊保持著生命力。

袁香兒將小小的枝條和幾塊靈玉包裹在一起，小心地放進背包中。

正當他們準備繼續向前走的時候，身後的樹林卻傳來陣陣濤聲，似乎在和袁香兒背包中的小小枝條告別一般。

袁香兒回過頭，駐立在山間古木下的神龕已經看不見了，只有參天樹冠上繁密的綠葉，在風中輕輕招手。

「怎麼了？阿香？妳為何要撿剛才那條樹枝？」胡青問袁香兒。

「我剛才好像看到了樹神，它告訴我，它很懷念人類的世界，我打算帶它回去看看。」

「剛剛？妳被樹靈影響了？」胡青牽起袁香兒的手，「這些樹靈活了許多年，雖然不能移動，卻有些特別的能力，尤其擅長誘惑人類，別說拉走妳的魂魄，就是拉走妳整個人都有可能，妳還是離它們遠一些好了。」

南河化為天狼本體，搖了搖一身漂亮的毛髮，「這裡的路不好走，我背妳吧。」

袁香兒一看見南河，就覺得特別心虛。

「啊，不、不必了，我自己走就好。」她面色微微一紅，謝絕南河的邀請，將兩張神行符貼在雙腿上，幫助自己迅速行走。

她怎麼好意思說出自己已經接連兩三日，做了那種難以啟齒的夢。

夢裡的南河只披著尾巴，躺在野地裡招惹自己，要不是她半途驚醒過來，數次都差點抵擋不住誘惑，幾乎要把人家按在樹根上欺負了。

南河沉默地看了她一眼，搖身變回人形，一言不發地走在前路開道。

金烏西落，玉兔東升，袁香兒一行圍繞著篝火，夜宿荒野。

烏圓吃飽後，圓潤地滾在袁香兒給它墊的毛毯上睡著了。

渡朔起身巡視周邊的安全，袁香兒和胡青則擠在一起聊天。

「妳這是怎麼啦？是在故意迴避南河嗎？」胡青悄悄地說，它抬起下巴點了點南河所在的方向，「為何突然這樣對小南，妳不知道它會傷心嗎？」

「啊，有這麼明顯嗎？」袁香兒摸了摸鼻子，不知道該怎麼解釋。

為了不讓自己再做那種夢，她今日刻意和南河保持了一點距離。

她偷偷看了南河一眼，銀色的天狼遠遠地蜷在篝火的另一端，腦袋埋在尾巴裡，無精打采地垂著一雙耳朵。這一路的每個寒夜，袁香兒都會早早擠在它身邊入睡，只有今夜沒有馬上過去。

果然難過了啊，這個敏感的傢伙。

袁香兒抱著毛毯訕訕地走過去，規規矩矩地裹著毯子，躺在南河身邊，還在心裡誦讀起靜心咒，祈禱自己不要在夢裡獸性大發，洩露出不可言喻的聲音。

『我做錯了什麼嗎？』一道熟悉的聲音突然在她的腦海中響起。

那聲音聽起來酸楚又難過。

袁香兒愧疚了，丟開毛毯滾到南河身邊，搬過它的大尾巴蓋到自己身上。她翻出隨身攜帶的小梳子，幫它順了順背上的毛髮。

「別亂想，你沒有做錯什麼。」

『如果說有錯，也錯在你長得太過美麗，讓我禁不住誘惑地胡亂做夢。』袁香兒不小心把心底的真實想法傳了過去。

她慚愧地捂住了臉，自己怎麼會如此把持不住呢？好歹也是在古代正經長大的女孩，真是愧對了師娘十餘年的教導。

或許是越在意的事情，就越容易出現在夢裡，儘管在睡前念了無數遍靜心咒，睡夢中的袁香兒依舊來到了那棵白篙樹下。

這一次，南河坐在低處的樹枝上，它沒有看袁香兒，只是抬著脖頸望向夜空中的明月。蒼白的月光映得它肌膚瑩瑩生輝，一條柔軟潔白的皮裘鬆鬆地垂在它身上，光潔修長的小腿從空蕩蕩的底部垂落，在夜風中微微搖晃，緊實的肌膚下隱隱透著青色的血管，在袁香兒看過去的時候，那白皙的腳趾明顯地蜷縮了一下。

極致的誘惑不在於穿得少，像這種若隱若現的模樣，才最令人窒息。看它含羞帶怯，看它伸出瑩白的手指，那手指在月色下伸向了鬆散的皮裘。

袁香兒甚至知道自己再次進入到夢中，她在朦朧的睡夢中進退不得，等著誘人的禮物即將拆開，等著迷人的位置被剝落出來，一切的美好都將呈現在寒風裡，為她一人綻放。等待的時刻是最是撩人的，讓她捨不得擺脫這個夢境醒來。

「阿香，過來。」樹上的人喚她，向她伸出光潔的手臂。

她不由邁開腳步，向著那棵白篙樹走去。

白色的枝條在風中輕輕招搖，南河的手臂在月華下瑩潤有光。

前進中的袁香兒只覺得腦門突突直跳，在潛意識裡隱約察覺到情況有些不對勁，遲疑地放慢了腳步。

「阿香，」南河抬起溼潤的眼睛看她，沮喪地垂下耳朵，彷佛在控訴她的不識時務，「我做錯了什麼？妳為什麼總是這樣躲著我？」

「不，不，我沒有的。」袁香兒慌忙解釋，忍不住握住了南河的手。

在她握住南河的那一瞬間，南河也立刻握住她，那熟悉的手掌化為強韌的白色枝條，緊緊纏繞住袁香兒的手臂。

飄搖在空中的白色枝條興奮地飛揚了起來，漫天飛舞的枝條形成一個白色的漩渦。

袁香兒猛然睜開眼，發覺自己依舊躺在南河的身邊，然而周圍的一切像是被蒙上一層看不清的白霧，自己的身軀也逐漸變淡，所處的空間在交疊變幻，她正在被一股強大的吸引力拖進另一個白色的空間。

袁香兒想要張口呼喊，但她已經喊不出聲音，也無法動彈。

南河就睡在她的身邊，閉著雙目，呼吸勻稱。渡朔端坐在不遠處，閉目打坐，火光照亮它平靜的面容。而胡青和烏圓蜷著身體，睡得十分安穩，沒有一人發現袁香兒身上發生的異狀。

袁香兒身下的地面似乎崩塌了，她墜落到一個無底的裂縫中，在裂縫合攏的最後一刻，她終於看見身邊的南河睜開了雙眼，一臉驚愕地向她望來。

眼前驟然一片茫然的蒼白，白色的亂流將南河驚慌失色的眼神，閉合在一片蒼白之外。

不知在一片混亂中穿行了多久，似乎過去了很長一段時間，又似乎只有短短一瞬，袁香兒從一片白茫茫的世界中滾落出來，她扶住眩暈的腦袋，勉強站起身，發覺自己來到了一個熟悉的地方。

華美的庭院，巨大的白篙樹，虯結的紫色軀幹，漫天招搖的白色枝條。

樹下站著一人，看著她撫手微笑，「阿香，我都說了，我們很快又會見面的。」

袁香兒站直了身體，發現自己站在一個極其繁複的法陣中央，古怪的白篙樹樹根幾乎和這個法陣融為一體，陣腳上壓著數塊價值不菲的靈玉，想來就是這棵白篙樹和這個法陣，讓自己看到了那些幻覺，並強行把自己拉到這裡。

樹下走出一人，那人綬帶綸巾，廣袖輕袍，翩翩有禮，是一位熟人。

正是在赤石鎮與袁香兒一行辭別的呂郡守。

「呂郡守，你這是何意？」袁香兒壓抑著心中的憤怒。

「別用敵視的眼神看著我，阿香。」那位年輕的郡守依舊溫言淺笑，「我對妳並無惡意，只是對妳十分喜愛，想挽留妳在此地定居而已。」

袁香兒留神戒備，在心裡呼喚著南河和烏圓，但這個地方似乎有能夠阻隔契約聯繫的力場，使得袁香兒得不到任何回應。

「沒用的，妳聯繫不上妳的使徒，它們也不可能知道妳在這裡。」呂郡守雙手合十，向著身前的樹木參拜，「妳身邊的那些妖魔十分強大，為了不驚動它們，才把妳單獨帶過來。我都不知道自己耗費了多少財物，甚至不惜請動白篙神的幫忙，動用了神力才成功的。」

「為什麼非得是我？」袁香兒不相信一面之緣的男人，能夠對她產生什麼特殊情感，想必這裡面有她不知道的緣故。

她把雙手背在身後，悄悄掐動指訣，發現體內靈力運轉無礙，法力不失，這才稍稍放下心來。她環顧四周，除了眼前的呂郡守和這棵古怪的大樹，院子內還布有大量披甲持銳的男子，每個人都戒備地看著袁香兒。

顯然，這還不是逃跑的好時機。

白篙樹晶瑩剔透的白色枝條飄動起來，發出歡樂清脆的聲響，柔軟的枝條親暱地拂過袁香兒的頭臉。

「妳看，樹神十分喜歡妳。」呂郡守伸手撫摸垂掛在他眼前的枝條，「白篙樹是人類的守護神，數百年來我們也習慣依賴著它們生活。曾經，赤石鎮的周圍長滿了取之不盡的白篙樹，令我們飽食終日，生活得無憂無慮。但這些年，它們卻迅速減少，就連我院子裡的樹神，也漸漸不再回應我的祈禱。」

他轉過頭看向袁香兒，那目光灼熱而滾燙，像是獵者看見了欣喜的獵物，野獸找到了飽腹的食材，「大妖們只喜歡僱傭血脈純正的人類，樹神也只願意守護真正的人族。而這數百年來，我們一族被隔絕在裡世，於妖魔為伴，人族的血脈逐漸稀薄，就連樹神都不再覺得我們是它喜歡的人類。幸好上天並沒有放棄我們，還讓阿香妳來到赤石鎮。」

袁香兒退了一步，心裡湧上怒氣，毫不客氣地說，「別說的那麼好聽，妖魔是飼養而不是傭傭，如果發現白篙少了，你們應該要學會種植糧食。我們人類從來就不是依附其他生靈而存活的種族。我看你們不止是失去了血脈傳承，根本連我族勤勉不息、自力更生的特性都遺失了。」

呂郡守並不生氣，寬容地笑笑，「妳這不過是一時的氣話而已。只要妳在這裡生活上一段時間，肯定會愛上赤石鎮。」

他一步步走向袁香兒，隨著他腳步的前進，那清雋的容貌也隨之慢慢變化，逐漸變成一張袁香兒十分熟悉的面孔。

「樹神告訴我，妳喜歡這個妖魔。妳在夢裡是被這隻妖魔所惑，才心甘情願地被法陣攝來。」他頂著和南河一模一樣的外貌朝她走來，像是一位真正的情人一般，溫聲細語，「只要妳願意留在這裡，我不介意妳把我當成它。我會做得比它更好，我和妳才是同族，了解妳想要的任何事。」

袁香兒接連退了幾步，明明是和南河一樣漂亮的容貌、一樣好聽的聲音，卻讓她起了一背的雞皮疙瘩。

「如果我不同意呢？」她說。

那張熟悉的面容帶上了一點邪魅的笑，「可能妳年紀還小，不知道有些事情是由不得自己的。」

南河的容貌過於俊美，袁香兒一直覺得自己喜歡南河，很多時候是沉迷於它的美色。直到這一刻，袁香兒才發覺，即便是一模一樣的容貌，換了芯、換了神色和舉止，帶給她的觀感就差了十萬八千里。

比如眼前這位，頂著南河的面孔，穿得比南河華麗、舉止比南河講究，卻讓她噁心得快要吐了。

「南河」露出為難的表情，「妳不喜歡這副模樣嗎？還是妳喜歡別的模樣？只要是妳喜歡的容貌，我都可以為妳變幻出來，這是我的天賦能力，和我在一起，絕不會讓妳有膩煩的一天。」

「不，不是外貌的問題。」袁香兒忍住心中的噁心，試圖冷靜下來，「你這個計畫根本行不通，我的意思是說，即便我同意你這個荒唐的建議，我一個人在一生之中，也留不下幾個後代，對你們整個鎮子的血脈問題，根本起不了什麼作用。」

「南河」捂住嘴笑出聲，「看來我們的觀念差別可真大，只得到妳一個純正的血脈，怎麼可能捨得由妳來生育？」

「南河」在說這些話的時候，五官漸漸變得秀美，身形也開始玲瓏有致，出現了女性的特徵，「在我的家族中，即便孤雌也可以繁衍後代。」

他紅唇嬌軟，十指青蔥，嬌俏地靠近袁香兒輕聲說道，「到時候，只需要妳配合一下，至於生育的事，交給我就行。」

「什麼？」袁香兒這下真的被他的言論鎮住了，南河女態的模樣嫵媚又動人，讓她詫異得幾乎轉不動腦袋。

「你們兩個過來一下。」那人衝著持著槍、侍立於一旁的兩名男子招手。

兩人齊齊走了過來，看著袁香兒的目光同樣熱切。

「和我們從浮世來的客人說說，你們的家族是如何繁衍後代的。」

身材高大魁梧的侍衛拍了一下胸膛，然後比劃出一個橢圓的形狀，「我家有一點龍族的血脈，父母都可以繁衍後代，父親從口中吐出一顆蛋，母親孵化了三年後孵出了我。」

另一位則不好意思地摸摸頭，「我們家是水馬血脈，我完全是由父親生育撫養長大的。」

「怎麼樣啊，阿香？」女態的南河親親熱熱地說，「如果妳住在這裡，每天只要開開心心地從這些人裡面，挑選出自己喜歡的如意郎君就行。妳負責快樂，我們得到的血脈，必定一生錦衣玉食地供著妳，絕不讓妳受半點罪，妳看行不行啊？」

袁香兒貌似接受了他的誘惑，「這樣聽起來，倒是還不錯？」

呂郡守見袁香兒如此好說話，不由心花怒放，他伸手挽住袁香兒的胳膊，開出更多誘人的條件。

「最妙的是，妳還是修道之人，能夠溝通天地，煉精化為靈氣。裡界的靈氣充沛，我們再為妳尋覓得以長生的天材地寶，功法要訣，妳必能長長久久地和我們住在一起，我們又何愁血脈遺失？我人族自當逍遙自在，永世不愁生計。」

袁香兒掙脫他的胳膊，「我可以考慮一下，但你好歹要給我點時間去思量，你還是先變回來吧，我不太習慣你這副樣子。」

「可以，可以，都聽香兒的。」呂郡守變回了初見時的容貌。

本以為此事要費眾多口舌，或許還得採取強硬措施，想不到袁香兒如此容易溝通，他心裡一時高興，自然是說什麼都好。

看來浮世的風氣也十分開朗大方，並不如古籍裡記載的那般保守迂腐。呂郡守喜孜孜地想著，多虧神靈的眷顧，才能讓他們得到一位純正人族血脈的修士。

「既然要我留在這裡，你應當帶我四處看看，讓我親眼見證這裡的生活環境，是否如你說的那般好。」袁香兒提出自己的要求。

呂郡守看著袁香兒秀氣且毫無戰鬥能力的模樣，心裡掂量，從浮世來的小姑娘，既沒有妖魔的血脈，又沒有經過任何變化，十七八歲的年紀而已，法力必定有限，這般嬌弱的身形，又失去了使徒，想必折騰不起什麼浪花。她想四處看看，也是人之常情，多帶人手看好她便罷，何必讓她心不甘情不願。

他沉吟片刻後開口，「也不是不行，但妳須得緊隨我的身邊，不得四處亂跑，尤其不能出了峽谷的位置。」

於是袁香兒知道，白篙樹能遮蔽契約溝通的範圍有限，若是能跑出這個峽谷，應該就能聯繫上南河它們了。

此時此刻，在荒野外的篝火旁，南河一動不動地盯著眼前的巨坑。

阿香明明就睡在它的身邊，它卻眼睜睜看著她陷入地面，憑空消失不見。即便它立刻跳起身，短瞬之間掘地三尺，也找不到袁香兒留下的痕跡。

「南河，你先冷靜一點。」渡朔伸手按住南河的肩膀，南河猛地轉過臉看向它。

渡朔瞳孔驟縮，撤開手，上半張面孔現出大量的翎羽。

南河的面目在篝火的映照下冰涼又凶狠，撲面而來的殺氣激得渡朔忍不住現出防禦形態。

「是誰？誰帶走了她？」

在渡朔的心目中，南河一直都是一隻尚未成年的小狼而已。直到袁香兒失蹤的這一刻，南河壓抑著怒火的目光看過來，終於讓它有了前所未有的震懾感。

袁香兒在呂郡守的「陪同」下，走在赤石鎮的街道上。身前身後簇擁著數十名身強體壯，擁有半妖血統的護衛。名義上是保護安全，主要目的不過是看住袁香兒，不讓她有機會逃跑。

沿途行人看見他們一行，無不側目相望，向袁香兒投來熱情而洋溢的笑容。

袁香兒一派輕鬆自在，好奇地四處張望。

只見青石鋪就的寬闊街道上，不需要馬匹牽引的玉輦香車自在縱橫，無人駕駛的翠頂寶蓋碌碌前行。

飛簷之下五彩華燈交相輝映，金莖兩側碧樹銀臺舉道爭風。往來行人，無一不美，俊逸妖童香車遊街，婀娜豔婦盤龍屈膝。

好一處無憂無慮，如夢似真的世外桃源。

「呂大人，上次太過匆忙，也沒有領略一番鎮上的風物，既然這回得你盛情相邀，正好能到處瞧瞧。」袁香兒笑盈盈地說著，彷彿真有留下來定居的意思。

呂郡守十分高興，待她格外殷勤周到，「在下單名一個役字，阿香喚我呂役便是。我們赤石鎮多得是娛樂消遣之地，若是阿香喜歡，往後自然日日有人陪妳出來玩耍。」

呂役領著袁香兒進了一處戲園子。那園子內三面看臺，兩層的客座，早已熱熱鬧鬧地坐滿了觀眾。戲臺之上笙歌縹緲，仙管風流，唱得是一曲〈南柯記〉，梨園子弟身姿嫋嫋，水袖輕搖，將人間悲歡演繹得淋漓盡致。

一曲終了，眾人齊聲喝彩，便是袁香兒也覺得賞心悅目，跟著起身叫好，呂役見袁香兒說好，就說了一個賞字。

不多時，戲臺上的兩名名角帶著妝前來謝賞。小生容貌俊美，花旦眉目生春，雙雙用那秋水般的眼睛看向袁香兒，臨走的時候，扮演花旦的年輕男子咬著紅唇，將香味濃郁的帕子丟進袁香兒的懷中。

「這兩位是我們這裡最有名的角兒，人漂亮，身段好，符合條件。若是阿香喜歡，盡可點為郎君，他們無不歡喜異常的。」呂役體貼地在她身邊說道。

袁香兒撿起繡著桃花的帕子，不知道該往哪裡放。她活了兩輩子，兩輩子的桃花加起來，也沒有今天收到的多。

如果不是這些人目的不純，只將她看做某種工具的話，她或許還會欣喜一下。

逛完戲園後，又在茶樓吃了精美的點心，沿途玩賞大小鋪子，看了雜耍白戲，採買特產珍物，將整個鎮子逛了個大概。袁香兒邊走邊牢記各處地形。

最後，呂役領著袁香兒來到一處鬥獸場。

圓環的看臺坐滿興奮的觀眾，居中是一大片平整的土地。

袁香兒一路走來，總覺得這個鎮子有些不對勁，到了此刻才終於明白。

這裡的居民生活得過於悠閒灑脫，青天白日的大好時光，不論戲園還是街道，都充滿著無所事事的鎮民，完全沒有看見正在從事生產的人類。

「怎生到處都這麼多人？大家都不用工作讀書的嗎？」袁香兒問。

呂役正坐在她的身邊，指揮隨從擺放攢盤茶水，聽到這句話，不由面露自得之色，「自然是不必的。這裡的百姓有白篙神守護，可以飽食終日、無所煩憂。若是誰家在用度上有缺，一家只需舉一人，外出同妖魔簽訂僱傭契約，金銀靈玉便用之不竭。至於讀書嘛，不怕妳見笑，咱們這裡通共這麼點地方，讀書識字也無仕途晉升之道，是以大部分人也懶怠費那個精神。」

袁香兒點點頭，她已經發現了，這裡的居民大多隨性散漫，言談之間也十分質樸，毫無顧忌，行事作風已經不太像人類，反倒和妖魔們的性子更為接近。果然如他們自己所說，人類的血脈特徵已經逐漸從他們身上消失了。

「我卻是喜歡讀書的，」呂役努力和袁香兒拉近距離，他周到地把茶水和點心擺在袁香兒的手邊，「看古籍上說，浮世的居民或是日日勞作，為三餐所憂；或是寒窗苦讀，博個功名利祿，生活甚是辛苦。阿香以後留在這裡，便再也不用受那些苦楚了。」

這裡聊著天，看臺下響起了開場的鑼鼓，觀眾們頓時興奮起來。或許是日子過得太過閒適平淡，這裡的人最喜歡的娛樂，竟是挑選勇猛的武士，看著他們和從野外抓來的凶獸殊死搏鬥。

新進場的武士有著一頭濃密虯結的鬈髮，身材雄壯，肌膚油亮，臉上塗著濃重的油彩。他在看見看臺上的呂役和袁香兒後十分興奮，一路跑來，向著袁香兒做出雙手捶打胸膛的動作，發出震天的吼叫聲，脖頸及至胸膛的肌膚隨著他的動作，浮現出一大片明豔而奇特的亮藍色。

「他在對妳示好，他們家的血脈複雜，並不符合條件，人也粗俗愚笨，不是什麼值得搭理的東西。」呂役解釋完後，揮手驅趕場地上的男人，「滾回去，你的種族是無法由雄性繁衍後代的，這裡沒你的事。」

那個男人一下垂下雙臂，垂頭喪氣地從喉嚨裡發出不滿的咕嚕聲，卻也不敢反抗呂役，只能憤憤地向著鬥獸場的中心走去。

他的對手是一隻威猛的雄獅，但雄獅卻不是這名混了妖魔血脈的男人的對手。還沒過多久，強壯的雄獅便被這個男人鉗制住脖頸，狠狠地按在泥土裡，叢林中的霸主也只能四肢徒勞地在泥土裡掙扎，鬥獸的武士心中正值憤恨，發狠大吼一聲，竟徒手將雄獅的腦袋擰下。他舉著血淋淋的獅頭，沿途奔跑吶喊，看臺上的觀眾不以為血腥，反而興奮地站起來為他鼓掌。

「這些野蠻的傢伙，沒有嚇著阿香吧？」呂役笑吟吟地看著袁香兒，他口中說得溫柔，實際上卻有故意給袁香兒下馬威的意思。年紀輕輕的小姑娘，想必沒見過多少鮮血，給一點糖，再嚇一嚇，讓她無法生出反抗的心思。

「能在這些地方表演掙錢的傢伙，多是一些卑賤貧瘠之人，阿香看著樂一樂便是，不必在意他們的生死。」呂役不以為意地說道，「這些傢伙因為血脈過於龐雜，大妖們根本看不上。還有一些卻是守著某種可笑的自尊，不願意於妖魔為僕，家裡又窮得沒辦法，才選擇做這些辛苦的營生來養家。喏，比如現在進來的這位便是。」

袁香兒順著他的目光望去，鬥獸場的一角鐵門拉開，走進了一名男子，此人便是袁香兒熟悉的時複。他的弟弟曾經偷了袁香兒的荷包，三天前，他還在峽谷的入口和南河交手過。

時複一進入場地，全場觀眾頓時熱切地呼喚起他的姓名，想來他是這裡的常客，深得觀眾喜愛。

此刻的時複，肩膀和手臂上還裹著帶血的紗布，那是他在三天前和南河戰鬥的過程中留下的傷痕，在短時日內根本無法痊癒，卻不知道他為何依舊參加了這場凶殘的對決。

他年幼的弟弟走在看臺的最下圈，一臉擔憂地看著場中的哥哥前進。

經過袁香兒所在之處，時複用冰冷又凶惡的眼神看向看臺，他的左眼處劃有一道疤痕，鬢髮凌亂地抓在腦後。

呂役不滿地哼了一聲，「愚蠢的小東西，居然捨不得花錢處理掉那麼難看的疤痕，一家子都是怪胎。」

袁香兒對這個人露出感興趣的神色，

呂役：「這兩兄弟的父親本來是一位血統純正、容貌俊美的男子。某日出門在外，不知道被哪位大妖看中了，直接擄去巢穴，數月方歸。歸來時懷裡便抱著兩枚青色的蛋。問他是出於何族血脈，他卻絕口不提。從此以後竟足不出戶，專心在家孵化後代。這一守，痴痴守了數十年，兩個兒子才陸續破殼而出。不等孩子完全長大，自己也因貧困潦倒，百病纏身，一命嗚呼了。沒給孩子留下什麼，倒是因為吃藥看病，欠了不少債務，反倒要兩個孩子替他償還。」

「要孵幾十年啊。」袁香兒腦補出一位溫柔地孵著蛋的父親，「看來這位父親，很喜歡那隻妖魔和他的孩子。」

呂役嗤笑一聲，「妖魔都是無情無義的傢伙，它們的壽數悠長，時間對它們沒有任何意義，有時候打一個盹，或是一個疏忽，時間就流轉了上百年，喜歡上一個妖魔，時時都需要苦苦等待，等它們終於想起你，你可能早已作古了。」

袁香兒眨眨眼，她有很多妖魔的朋友，都和她抱怨人類濫情而善變，這次難得聽見人類對妖魔有期待和抱怨，真是新鮮。

呂役看她不以為意，皺起眉頭勸她，「我知道妳喜歡妳的那位使徒，它的容貌確實迷人，但外貌又有什麼用呢？它根本不是我們的同族，習性總總都與人類不同，不能體會妳我的悲歡。阿香妳聽我一句勸，忘了那隻妖魔吧。」

「若妳喜歡它的容貌和身子，」呂役靠近袁香兒，化為南河的容貌，用南河的聲音輕聲說道，「我可以用它的樣子陪著妳，但凡妳喜歡的事，隨妳怎麼樣都行，絕不會比不上它。」

袁香兒伸手擋住他靠過來的身體，「打住，打住。我並不喜歡你這個樣子，趕快變回來吧。」

就在此時，看臺上的觀眾發出一陣驚呼，鬥獸場的角鬥打開後，一股腥臭的氣味瀰漫全場，昏暗的門洞內傳來低低的獸吼，一雙赤紅的眼眸陰森森地出現在漆黑的門洞深處。

看臺上的人們吃驚呼叫，又漸漸屏住氣息，詭異地安靜下來。

一隻肌膚腥紅，形態如虎，額尖長著利角，渾身遍布尖刃的妖獸緩緩從陰影中現出身形。

那妖獸一步步繞著鬥獸場的邊緣走動，血紅的雙眼盯著場地上唯一的男人，發出刺耳難聽的吼叫聲。

這並不是一隻普通的野獸，而是有著窮奇的血脈，以凶殘嗜血而著稱的妖獸。

「是凶獸啊，真正的妖獸！」

「這下終於有好戲可看了，時複那小子會是它的對手嗎？」

「我這次要買時複輸，這小子太狂了，每次都是他贏。說實話，我很想看他輸一次。」

「嘻嘻，我也喜歡，越是狂傲的戰士，就越想看他被妖獸按在爪下，開膛破肚，以可憐兮兮的模樣死去。」

「唉，時複好像還帶著傷，看來這次未必贏得了，只怕以後沒有這個人的賽事可看囉。」

眾人不以場上戰士的生死為意，反而議論紛紛地開始下注買定輸贏。

「不不不！為什麼是妖獸，別人都是普通野獸，為何我哥哥的對手是這樣厲害的妖魔！」時駿高喊起來，他飛快地跑到場地邊，扒拉著防護網，衝著裡面大喊，「哥哥，出來，快出來，我們不比了！家裡欠的錢，我們再求大人寬限幾日便是！」

時複卻沒有看他，他半蹲下身體，一臉警惕地盯著不遠處的敵人。

這裡是鬥獸場，觀眾買的就是生死搏鬥間嗜血的樂趣，又豈會同意選手中途退出。

時駿慌忙地拉住在場邊收取賭資的場主，「大人，我哥哥身上還帶著傷，這就是讓他去送死啊。哥哥為您掙了那麼多錢，求您行行好，放過他一次吧。我們不比了，不比了。」

「滾一邊去！莫要礙著老子掙錢。」忙著滿場子收錢的場主，一把推開年幼的男孩。

男孩一個踉蹌滾到一旁，待他準備站起身來，黃土地上卻憑空生長出綠色的藤蔓，捆住他的身軀，不顧他的叫喊，溫柔且堅定地將他拉出看臺之外。

場地上的凶獸嘶吼一聲，一股腥風撲面，尖牙利爪的妖獸向著身形遠小於它的人類撲去。

時複眼看著撲來的妖獸，並不閃躲，雙手當胸一闔，無數柔韌的藤蔓便破土而出，密密地纏繞住那隻力量強大的凶獸。

與此同時，他拔足向那隻猛獸衝去，凌空翻身，蹬上妖魔的脊背，一手抓住它額頭的利角，一手直取它脖頸間的要害。

「哦哦哦，控制植物，時複那小子的拿手絕活，一上場就用上啦。」

「這小子還挺有兩下子的，勝負還是難料啊。我是不是買虧了？」

妖獸張開巨口，噴出一片熊熊大火，那些細嫩的藤蔓在火焰中，被凶狠的野獸掙斷，堅硬如鎧甲的肌膚，也不是一雙肉掌能輕易破開的。

妖獸在火海中甩動身軀，將背上的時複甩出去。時複後退了數十米，穩住身形，毫不停留地拔腿飛奔，驚險地躲過妖魔不斷噴出的炙熱火焰。

「快！搞死他！老子的錢都拿來押他會輸了！」

沒有觀眾介意自己同類的生死，只因戰況的轉變而跟著尖叫。

「阿香覺得誰會贏呢？要不要也下注買買看？」呂役支著下顎，輕鬆地看著場地中的生死之戰。

你說你們赤石鎮充滿歡樂，多得是消遣娛樂之處，原來這就是你們閒極無聊時，尋求快樂的方式？

袁香兒看著他那張漂亮的面孔，又看見那張面具之下的醜陋，心裡十分反感。

「我覺得那個人類會贏。」袁香兒從荷包裡取出一塊靈玉，丟進收取賭資的場主懷中。

那塊靈玉便是三天前，時複用來補償自己的玉石。

場地之上，時複再度衝著妖獸高高躍起，他的術法對於火系的妖獸不具優勢，而且身上帶著傷，更不容他久戰。

他決定放手一搏。

在他落地的一瞬間，他放低重心，整個人就地一滑，向著妖獸的腹部之下滑去。他在短短的交戰中已經看出，柔軟的腹部是這隻妖獸最脆弱的所在。

地面是熊熊烈火，靈敏的妖獸低下頭顱，將頭上那鋒利的尖角對準自己的敵人。

時複知道自己有可能被利刺挑上空中，當場慘死。即便如此，他也只剩這次的機會。

他的藤蔓爆發出最大的力量，在烈焰中破土而出，死死纏住妖獸的頭顱，束縛它額頭尖利的角，不讓它動彈。

很好，只要再堅持一下，他就能就勢滑進妖獸的腹部之下，剖開它的胸膛，奪取它的性命。

意識到危險的妖獸，同樣爆發出巨大的力量。

它掙斷了藤蔓！

野獸在宛如修羅地獄般的火焰中抬起頭顱，赤紅如血的雙目透過火光盯著小小的人類，時複甚至看見利角的一點寒光，已經衝出斷裂的藤蔓向他奔來。

他伸出手掌擋在身前，即便廢了一隻手，也要保住自己的性命，取得這場戰鬥的勝利。

就在這短短的一剎那，妖獸抬頭的動作卻突然僵住了，像是被某種無形的力道捆束，無法再做出有效的攻擊。

無數雙眼睛看著煙塵滾滾的鬥獸場，卻只有貼著地面滑行的時複，看見了煙塵滿地的土地上，一閃而過的法陣光芒。

是誰幫了他？

他還來不及多想，順勢貼著那冰涼的利角，鑽到它的腹部之下。

巨大的嚎叫聲響徹全場。等漫天煙塵稍事消弭，小山一般的魔物才在塵土中轟隆倒下。

渾身浴血的戰士從妖魔的身下爬出來，手上握著一顆血淋淋的心臟。

他站起身，自己的血和妖獸的血混雜在一起，染紅了他的頭臉，他像是一隻從地獄歸來的阿修羅，將視線從看臺上掃過。

看臺上是一張張醜陋而扭曲的嘴臉，他們胡亂地呼喊著、叫囂著，用別人的痛苦和鮮血來填補自己的空虛無聊。

時複的視線在袁香兒所在的位置上停留了一瞬。

原來是她。

他回過身，不再搭理滿場響起的吶喊聲，拖著傷痕累累的身軀，沉默地離開了鮮血淋漓的鬥獸場。

「哎呀，想不到還是阿香的眼光好啊。這回許多人都輸了，偏偏妳還看準了，真是了不得。」呂役詫異地誇讚道。

袁香兒悄悄收回背在身後的手掌，輕輕揉了揉剛才掐過指訣的手指。

第三咒〈時家兄弟〉

第七章　報答

在遙遠的荒野之外。

南河和渡朔等人搜遍了方圓數里內的每一個角落，都找不到袁香兒的蹤跡，所有人的心情都十分沉重。

烏圓已經亂了陣腳，一邊拚命地刨著地上的土，一邊憋著小臉掉眼淚。

「怎麼就不見了呢，阿香，妳快點給我出來！嗚嗚嗚，為什麼我用契約喊她，她都不回應我了呢？」

早已被挖得又大又深的土坑內什麼都沒有，只有袁香兒一直隨身背負的那個背包，孤零零地被擺放在土坑的邊緣。

「如果不是為了我，她根本不必來這種危險的地方，我竟然無法看好她。」渡朔站在被南河和烏圓挖出來的巨大土坑邊說道。它墨黑的長髮低垂，大半個身體都被灰黑色的翎羽覆蓋，半本體化是妖魔極度憤慨時才會出現的形態。

胡青一臉擔憂地輕撫著渡朔的翅膀，它也同樣慌亂而不知所措。

「我想到了，阿香似乎提過一句，她在夢中看見了我。」南河突然說了一句。

「阿香夢到了你？可是，這有什麼不對的地方嗎？」渡朔轉過頭問它。

「阿香是在無意間告訴我的，她說她近日夢到我好幾次……說我誘惑她。」南河有些難以啟齒，卻還是把話說出。

它清晰地記得，昨夜的它就是在這裡，因為袁香兒幾日來刻意的迴避而異常難過。就在那時，阿香靠到了它的身邊，為它梳理毛髮，用契約和它說話，不小心將心中的想法傳遞過來——

『如果說有錯，也錯在你長得太過美麗，讓我禁不住誘惑地胡亂做夢。』

對，阿香當時是這樣說的。那時候的自己在聽見這句話後，心中既甜蜜又幸福，根本沒去思考這件事情的不對之處。

如今想想，從阿香開始刻意迴避自己，再到她不慎流露出的這句話，無不透著古怪之處。

「她似乎受到某種術法的干擾，而我當時卻完全沒有察覺。」南河在冷靜思索後說出結論。

胡青詫異地看著南河，此刻的南河以人形的模樣站在巨坑邊緣，身軀挺直，衣裝齊整，銀髮飛揚，緊凝著雙眉看著袁香兒消失的位置沉思。

相伴走了這麼長的路，胡青自認為對南河的性格有所了解。

它本以為在袁香兒不見後，最先亂了陣腳的肯定會是南河。卻沒想到，在大家都陷入慌亂的時刻裡，南河卻能夠克制而隱忍地壓抑住自己焦慮的心，冷靜地引導大家開始仔細思索。

「對了，在經過那棵榕樹的時候，阿香說她被樹靈影響，然後進入了樹靈的精神世界。」胡青想起一事，急忙說出，「阿香和我們不一樣，她是人類，人類的精神比較脆弱，容易被樹靈的術法所攝。你們說，會不會是我們沿途得罪了哪隻強大的樹靈了？」

就在此時，袁香兒的背包裡突然傳來輕輕的響動聲。

南河等人相互看了一眼，迅速翻開袁香兒的背包，從裡面找出一條包裹得嚴嚴實實的枝條。眾人拆開外面的包裝，那條和靈石包在一起的枝條依舊新鮮，頂端的小芽瑩潤可人，絲毫沒有萎靡的痕跡。

四個腦袋湊在一起，盯著小小的一條樹枝。

那枝條在眾人的視線中微微晃動，極力地想表達些什麼。

「它是不是有什麼話想說？」胡青疑惑道。

「讓我來試試。」渡朔舉起翅膀，翅膀上的羽毛一路褪去，它伸出蒼白的手臂撚住枝條，隨後閉目凝神，一道清晰可見的靈力順著它的指尖流出，緩緩注入樹枝中，靈氣的光芒也漸漸將整條樹枝包裹起來。

細細的枝條瑩瑩發光，蜷縮的小小葉芽伸展開來，從中冒出一個抱著雙膝的小人，那小人迎風生長，很快長到了手指般的大小，終於伸展四肢站起身來。

「謝謝你。」它拍了拍碧綠色的衣裙，向渡朔行了一禮，「我本來不想這麼早醒來，卻在沉睡中感應到阿香出事了，當時的我沉睡在背包內，被一股奇特又熟悉的波動驚醒。那應該是我們樹靈獨有的能力。」

「是誰？」

「是誰幹的！」

「她在哪裡？」

「你知道嗎？」

渡朔、烏圓、南河、胡青齊聲開口。

小小的樹靈用一根手指支住下巴，「嗯，我能察覺到它很強大，似乎和很多同胞聚集在一起，它的枝條是純白色的，嗯，那股靈力能把阿香的肉身一起帶走，應該還依託了人類的法陣幫忙。」

「白色，很多，人類的法陣……」

南河的眼眸波動，沉吟片刻，抬起頭來。

是赤石鎮的白篙樹！

四人交換了一下眼神，欣喜地從彼此的目光中得出結論。

夜幕低垂，袁香兒被安置在一間華麗而雅致的廂房內休息。

只見這廂房內的綾羅熠熠生輝，珠箔銀屏迤邐。圓桌玉盤托霜橙紅橘，床頭紫案置暖香輕吹。瑩瑩發光的奇特植物罩上透明的琉璃燈罩，成為屋內獨特的採光設備，一一掛在角落裡一棵數米高的紅珊瑚上。

袁香兒躺在貂絨鋪就的紫金床上，架著腳，看著鑲嵌在屋頂上的明珠。

不得不說，他們用來誘惑自己的條件，直擊了人性的弱點。這裡的生活奢侈而安逸，完全不需要勞作，可以終日無所事事，不用承擔生育的痛苦和責任，每天都有不同類型的美男子對你殷勤追捧，又有多少人能不為之心動？

在這樣不知疾苦，安逸享樂的環境下一代一代地生活下來，人類最終會變成什麼樣子呢？

屋子的窗戶正對著庭院，可以看見那棵巨大的白篙樹，在晚風中輕輕搖擺著柔軟的枝條，發出細碎而動聽的聲響。

似乎和呂役說得一樣，這棵白篙樹真的很高興。

耳邊充斥著風鈴輕響般的聲音，袁香兒漸漸闔上眼睛，陷入沉睡之中。

她一閉上眼，就發現自己又出現在夢中的那棵白篙樹前，只是此刻的樹下沒有南河。

樹枝上坐著一位短髮少年，它抬著頭，看著懸掛在天空中巨大的圓月。清冷的月光灑在它稚氣的面容和纖細的四肢上，讓它整個人都帶上了一種半透明的不真實感，彷彿只要說話說得大聲一些，它就會在空氣中消失。

「你是什麼人？為什麼把我騙到這裡？」袁香兒問。

那個少年轉過臉來，顏色淺淡的睫毛眨了眨，一臉無辜和迷茫。

袁香兒腳下的地面卻開始碎裂，眼前巨大的白篙樹也隨之四散崩塌，這個世界在一片漆黑後又重新明亮起來。

沒有巨大的白篙樹，沒有華麗壯觀的郡守府，這裡只是一個用黃土整平的院子，院子的圍牆低矮，有雞窩和水井，內裡三兩間茅屋，是一座再普通不過的農家小院。

一位肌膚黝黑的男人，正舉著鋤頭在庭院中挖土，把一棵小小的樹苗種進院子中。他用搭在肩上的毛巾將額頭上的汗抹掉，精心地在樹苗的根部澆了水，隨後看了看種在地裡的小苗，高興地笑了。

「小傢伙，以後你就住在我們家啦。」男人跑進屋子裡，從屋內抱出一個皺巴巴的新生兒，小心地將其抱到那棵半人高的小樹苗邊上，「你看，媳婦給我生了娃，我把你種在院子裡，以後你們倆就好好地一起長大，成不？」

繈褓裡的嬰兒癟了癟嘴，發出充滿生命力的嘹亮哭聲，立在院子裡的小樹苗，在風中搖了搖僅有的兩片小葉子。

袁香兒此刻就站在院子中，院中的人卻對她的存在毫無所覺。那位樹靈化為的少年，不知什麼時候站在她的身邊，牽著她的手，露出一臉幸福的神色，看著眼前的一幕。

眨眨眼的功夫，小小的嬰兒就變成了蹣跚學步的小娃娃，他從屋裡一搖一晃地走出來，摸到小樹的枝幹上。

「根兒要多吃點飯飯，好好長個子，和小樹比一比誰長得更快。」男人摸著孩子的腦袋說。

「根……根兒長得快。」牙牙學語的孩子結結巴巴道。

「哼，他明明一直都比我矮。」樹靈少年拉著袁香兒笑吟吟地說。

袁香兒知道自己是在夢中，但這個夢似乎過於真實了些，彷彿身在另一個人的記憶中。

名叫根兒的小娃娃抽條一般地長大了，小樹苗也越長越高，擁有了結實的身軀和傘蓋一般的樹冠。

每天從外面滾了一身泥回來的男孩，會麻溜地爬上樹杈，賴在小樹的身軀上，「小白小白，今天我們打架打贏了，把隔壁村的幾個小崽子胖揍了一頓。」

他給從小就和自己一起長大的夥伴，取了個名字叫小白。

「小白，隔壁村的柳兒長得可真水靈，今天我揪了她的辮子，把她欺負哭了。」

「小白你怎麼長得這麼快，我希望自己也能再長快一些，爹老了，前些日子咳得下不了地。」

於是全家人都開始叫它小白。

小白呀，小白。

「小白長得可真快，記得是根兒出生的那年，一起把它種在院子裡的吧？」家裡的母親在它身上掛上曬衣服的繩子。

「小白也是家裡的一員呢，真好，都可以在它的樹蔭下乘涼了，今年的天氣可真熱啊。」作為父親的男人在樹下擺了一把搖椅。

小男孩阿根不知道在什麼時候，變成了一個強壯有力的男人，他扛著鋤頭，推開院門進來，先在井邊喝了口水，又在樹下的搖椅上躺下，用肩上的毛巾擦了一把汗。

「小白，爹說要給我娶一個媳婦，」他有些煩惱地看著樹冠，「可是這些年的年景似乎不太好，土地不知道為什麼越來越乾，糧食打不上來，還時常有妖魔出現，家裡只怕拿不出娶媳婦的錢。」一陣風吹過，翡翠一般的樹葉在風中沙沙作響，像是在回答朋友的話。

「倒是小白，你似乎都沒有受影響呢，長得越來越漂亮了。」躺在搖椅上的年輕男子笑了。

袁香兒握著樹靈少年的手，她能感受到樹靈所感知的一切，於是她知道土地為什麼會乾涸。

大量的靈氣在地底流淌，像潮水一般湧過這片土地，普通的植物不能承受過於強大的靈力，在燥熱中漸漸死去，但也有一些天資獨厚的生靈，開始學會從土地中汲取靈力，生長得更加蓬勃旺盛。

靈界正在慢慢地脫離人間，而這裡即將成為靈界的一部分。

乾旱，饑荒，巨大而恐怖的妖魔頻繁出沒，使得脆弱的人類很快失去了往日的悠然自得。

袁香兒覺得手掌被攥緊了，牽著她的少年似乎想起了什麼，變得有些慌張。

安靜而溫和的村子瞬間亂成一團，令人害怕的哭泣聲不斷響起，隨後人們開始進進出出，將一具又一具的屍體匆匆抬走。

樹靈少年一臉驚慌，它不知道這一切是怎麼發生的，又是為了什麼才發生，平靜而安寧的日子不復存在，它十分喜歡的那些生靈正在迅速減少。

「小白啊，我活不了多久啦。」曾經咧著嘴、露出一口白牙，將它種在院子裡的男人出現在它身邊。這個家中的頂梁柱不知從什麼時候開始，老得這樣厲害，他滿面溝壑，脊背彎曲，粗糙的手指摸著樹幹，抬起有些渾濁的雙眼，「以後我不在了，你可要好好陪著根兒，替我照顧好他。」

那天夜裡，屋子裡爆發出讓少年害怕的哭泣聲，許久之後，阿根慢慢地從屋內走出來，低著頭來到樹下，伸手環住樹幹，溼潤的感覺透過樹木的皮膚傳了進來。

阿根在哭，抱著它哭，「爹走了，娘也快不行了，田地也完全種不出東西，外面還鬧著妖魔，小白，我真是一點辦法也沒有了，小白，你能不能幫幫我，幫幫我……」

小白搖晃著綠瑩瑩的葉子，它不知道該怎麼辦，它想告訴它的朋友，就在他們腳下的土地，明明流淌著異常美味的東西，自己的樹根每天都能從中汲取無窮無盡的營養，為什麼它所愛的朋友們，卻得不到這樣的美食，而漸漸離開了呢？

它沒有別的辦法，只能拚命生長樹根，憑藉本能努力將那些流淌著的美味汲取出來，希望能夠把它們傳遞給阿根。

可是無論它再怎麼努力，往日喧嘩熱鬧的村子也漸漸地安靜了下來。

隨著人類逐漸消失，小白也覺得越來越害怕。

它害怕它的同伴和家人就這樣消失，害怕某天阿根也像其他人一樣，突然就變成了一具冰冷的屍體。

阿根躺在樹下的搖椅上，曾經健碩的男人如今瘦得只剩一副骨架，他雙目無神地看著頭頂上美麗得像是寶石一般的枝葉，「小白，我也差不多該走了，幸好還有你在，我出生的時候是你陪著我，走的時候，也麻煩你送我一程吧。」

他的雙眼慢慢闔上，在迷迷糊糊中聽見了往日熟悉的樹葉聲，在耳邊沙沙作響，這些聲音實在太吵鬧了，幾乎讓他無法安睡。

他努力睜開雙眼，發現眼前碧綠的樹冠，似乎變成了白茫茫的一片，一種奇怪的白色枝條垂掛到他的嘴邊，甜美的汁液一滴滴落進他乾涸的口腔中，流進他饑腸轆轆的腸胃。

瀕死的阿根在最後一刻，被突然靈體化的白篙樹救活了！

白篙樹分泌出讓人能夠食之飽腹的美味汁液，村子裡僅存下來的人類，都依靠著這棵神奇的白篙樹，撐過了嚴重的荒年。

人們開始重新聚集，在樹下膜拜，感激它的救命之恩。他們為這棵神奇的樹木披上美麗的經幡，恭敬地稱呼它為「樹神」。

村裡慢慢地恢復了往日的熱鬧，令人安心的日子似乎又回來了。

重新健康起來的阿根，娶了隔壁村的柳兒為妻，他像是他父親當年那樣，抱著自己新生的孩子來到樹下，「小白，你看，這是我的兒子呢。」

畫面在眼前再度變化，圍牆、茅屋和村落全都不見了。

樹上掛著的經幡精美秀麗，破舊的庭院成了奢華壯闊的府邸，坑坑窪窪的泥土路和村裡慢悠悠的黃牛也不見了，取而代之的是飛簷疊翠尋歡樓，火樹銀花不夜天。

白篙樹靈站在存活了數百年的大樹上，用冰涼的手緊緊拉著袁香兒。

這裡是它的精神世界，袁香兒透過它的視野看下去，華美異常的樓閣集市，在樹靈的眼中灰黑一片，寂靜無聲，它看不見混雜著濃郁妖魔血統的人類，也無法聽見他們的聲音。

「沒有了，大家都去哪裡了？」它不解地看著袁香兒。

「你……看不見他們嗎？」袁香兒問。

「沒有了，大家都不見了。」少年只是茫然地搖了搖頭。

它的視線和人類不同，似乎只能看見自己想看見的東西。

「所以你才會把我拉進來嗎？」袁香兒嘆了口氣，拉著和自己完全不同的生靈，一同在樹枝上坐下。

少年低頭想了想，說道，「有一個聲音告訴我，我喜歡的朋友回來了，我很高與。」

幾百年過去了，失去了原身，完全變為靈體的樹靈已經忘了許多事。

唯獨扎在心中的一股執念，久久都無法散去。

「我不能留在這裡。」袁香兒溫和地說，「這裡已經沒有人類了，不過有很多人類生活在沒有靈氣的浮世，如果你還想要和人類生活在一起，我可以帶你一起回去。」

「沒有靈氣的浮世？」少年搖了搖頭，「我走不了，如果沒了靈氣，我很快就會枯萎。」

「妳留下來陪我。」它用明亮且空洞的雙眼，看著天空巨大的明月，並沒有和袁香兒講道理的打算。

袁香兒瞬間退出夢境醒來，她從床上爬起身，推開窗戶，窗外月華如水，巨大而美麗的白色靈木靜靜地沐浴著月光，發出愉悅而細碎的枝條碰撞聲。

它是強大而無法溝通的生靈。

看來也只能想辦法悄悄地離開了。

呂役在屋子裡，問著府邸的侍從，「那位在忙些什麼？」

「一直都很安靜呢，」侍從高高興興地回答，「小娘子早起後進食了一碗桂圓粥、半籠蒸餃和半籠金銀酥，直誇咱們這裡的伙食好。用飯之後要了針線，撚著兩塊布頭，不知道在縫些什麼。」

呂役站起身，在書架上翻找了半天，找出一本珍藏了數百年的古籍，看見圖冊上有一位女子坐在窗前，嫻熟地穿針引線，點點頭道，「不礙事，聽說浮世的女子就喜歡這些針線活，只要她不往外跑，她想要些什麼，都盡量服侍周全。」

袁香兒在屋中剪了兩塊錦緞，塞進棉花，胡亂縫成了一個女子模樣的小人。瞧著左右無人，她拔下自己的一根頭髮塞進娃娃中，斂氣靜心，指空書符，在小人的後背仔細繪製了一個替身符咒，輕輕吹了口氣。那小人立刻變成和她容貌衣著一模一樣的女子。

袁香兒在修習正經術法時，學得並不勤快，卻對這些雜七雜八的旁門左道十分感興趣，涉獵甚廣，眼下的這個替身術，便是她覺得十分有趣的術法之一，小時候時常倒騰來玩。

此術所化的替身看起來和真人一般無二，神色卻呆滯無神，不能發聲走動。遠看可以矇騙一二，只要走近一看，說說話，推一推，便會立刻露餡。

袁香兒走到門邊，探出腦袋左右看了看。呂役對她還是很不放心的，在門外的院子裡安排了無數名侍衛，以防她逃跑。

雖然這些人的身分是侍衛，也都在裡世生活慣了，從來沒吃過苦、受過累，當然不會像真正的軍人那樣板正直立，全神戒備，而是三三兩兩地湊在一起閒談。

袁香兒對最靠近門口的兩位侍衛特別有印象，這兩人一個會生蛋，一個能懷孕，想來是呂役刻意安排，優先接近袁香兒的候選人。

袁香兒便衝著他們笑了笑，「我想安靜地看一會兒書，你們吵到我了，能不能請你們……」她禮貌地做了個請的手勢，「請你們稍微離得遠一點。」

「可以，當然沒有問題。」

兩個男人退開了一段距離，皆因為和袁香兒說上了話而高興。

「你看她的動作，真好看，說話也很溫柔。」

「浮世的女孩就是不一樣，還會看書呢，我連我的名字都不認得。」

「就是，就是，希望她第一個看上的會是我。」

「憑什麼是你啊？你那一點龍族的血脈，都不知道傳了多少代，早就混雜了，我們水馬族的男人才是最體貼的，你難道不知道嗎？」

「你說什麼，你是想打架嗎？」

屋外的兩人遠遠地爭吵起來，再無心思監視袁香兒的行動。

袁香兒迅速將那個替身人偶扶到桌邊坐好，背靠著窗戶，將一本書籍塞進替身手中，擺出一副專心致志的模樣，自己則悄悄地站在窗邊，伸手推開窗戶，好讓外面的所有人都能看見她坐在桌邊的背影。

隨後，她從隨身帶著的荷包裡，取出一張黃色的符籙，這張符籙完全沒有寫上任何符文，只畫了個符頭符尾，中間卻踩滿了三叉狀的小腳印，就像是某隻小雞撞翻了朱砂盤，再到上面隨意踩踏一遍的模樣。

袁香兒躲在窗後，撚著那張雞爪符，放在手中祈禱，「錦羽，錦羽，這次全靠你了，咱們一次成功。」

袁香兒回想起錦羽呆頭呆腦，舉著一雙小手要東西吃的模樣，不由露出了笑容。已經出來好長一段時間了，真希望能夠趕緊辦完事，早點回到師娘、錦羽和三郎他們的身邊。

錦羽的天賦能力是隱身，烏圓的天賦能力之一是火焰。之前她鬧著玩的時候，用它們倆的爪印做了好多符籙，雖然發動起來不太可靠，但她還是挑選了幾張帶來了。數量不多，希望能成功。

袁香兒在心中默默祈禱，發動符咒，隨著小小一團煙霧升起之後，她發現自己的雙腿已經看不見了，上半身則懸在半空中。

她再接再厲，祭出第二張符咒，這下身體也隱形了，剩下一個腦袋懸在空中，反而顯得更加驚悚。袁香兒無奈地祭出第三張符咒，幸好這次錦羽終於附體，成功讓自己隱去身形。

她輕手輕腳地從窗戶爬出去，輕輕跳下窗臺，小心地看了還在爭執中的兩名守衛一眼，那兩個男人對她明晃晃的行為一無所覺，依舊爭執不休，袁香兒屏住呼吸，躡手躡腳地穿過他們身邊，向院子外摸去。

院子裡負責守衛的人很多，袁香兒不知道這裡面會不會有擁有特殊能力的人，能夠看透她的行蹤。

她只能提著一顆心，謹慎地從那些人身邊穿過，好在上天保佑，她平安地走過了庭院，連院子中心的那棵白篙樹，都對她的出逃沒有做出任何反應。

才剛穿出院門轉過抄手遊廊，迎面就遇著呂役帶著一隊隨從匆匆而來，袁香兒急忙貼著柱子，躲在牆角。

「東西準備得怎麼樣了？」呂役邊走邊問，此刻的他沒了在袁香兒面前那副溫文爾雅的模樣，顯得冷漠而倨傲，步履匆匆，行事帶風。

「大人放心，用品和器物都備好了，酒宴也沒有問題，隨時可以舉辦婚宴，只有喜袍還在趕製中。」一位侍從跟在他身後低頭回話。

「速度要快，東西要準備最好的，再挑選鎮上俊美的男子，逐一送到她身邊去，一定要讓香兒覺得我們重視她，圍著她轉，使她打從心底喜歡這裡，捨不得離開。」呂役停下腳步，壓低聲音，「另外備一些藥物，加派人手看好她。總之，不論用什麼手段，都必須讓她留在我們赤石鎮。」

他在說這句話的時候，袁香兒就在他身邊兩三步的距離，把他漂亮面孔上細微的神情，看得一清二楚。

原來呂役在她面前表現出來的單純全是假象，自己在計畫著逃跑，他也同樣在防備和算計自己，袁香兒不由慶幸自己已經溜了出來。她屏著呼吸，等這一行人從身邊經過，拔腿向著角門的位置飛奔而去。

袁香兒跟在從角門進出運送食物的僕婦身後，成功鑽出門外。身上的符咒已經開始失去效應，指尖最先在空氣中顯現出來。

畢竟錦羽還小，用它的天賦能力所製作的符籙失敗率高，有效時間也短。可即便如此，這短短一會兒的隱身時間，還是幫了袁香兒大忙。

緊靠著郡守府的一家估衣鋪內，今日沒什麼客人。

店夥計剛才趴在櫃檯上打了個盹，睜開眼後卻隱約覺得掛在牆角的衣物不太對勁，他一抬眼，看見了讓他驚悚萬分的一幕。

在鋪子的一角，一隻白皙的手正在拿取架上一件不起眼的長袍，那玉手纖纖，骨節均勻，本該十分養眼，可是那只是一隻孤零零的手！

動作靈巧的手掌懸在空中，不僅能悄悄將衣物摘下，甚至還能在他看過去的時候停下動作，向他轉過來！

店夥計還來不及喊出聲，那柔軟的手指便快速地擰了一個奇怪的手訣，衝著他一點，受驚的夥計瞬間失去意識，軟軟地趴在櫃檯上，繼續打盹去了。

袁香兒脫下一身華服，換上從估衣鋪得到的衣袍，憑藉昨天逛了一整天的記憶，混雜在人群中，穿行在一些相對昏暗的巷子裡，向峽谷的出口跑去。

她衣著樸素，戴著帷帽，穿行在人流中並不起眼。但麻煩的是，整座鎮子內有著不少高矮不齊的白篙樹，她必須避開這些樹木所在的範圍，以免被那位少年模樣的樹神察覺。

袁香兒盡可能加快速度前進，如今的她只希望留在屋內的替身人偶，能夠撐久一點，讓那些人晚一些發現她，自己才能獲得更多逃跑的時間。

已經可以看見那條出谷的道路了，後面的街道卻傳來嘈雜的吆喝聲，手持武器的侍衛拚命分開人群，呼喝著四處搜尋。

中。

袁香兒看著已經近在不遠處的出口，恨恨地咬咬牙，不得不轉身躲進附近的巷子中。

很快，不止是那些侍衛，整個街道上的鎮民都開始加入搜尋她的隊伍中。這座慢悠悠的鎮子彷彿被投入了涼水的油鍋，瞬間沸騰起來。不管是衛隊還是百姓，都忙著尋找那位從浮世來到這裡，可以提供「純血」的人類。

「快，必須找到那個從浮世來的小娘子。」

「數百年只來了這麼一位，可不能讓她跑了！」

急切的說話聲和雜亂的腳步聲，不停在附近響起。

袁香兒四處躲避，不慎退到了一個沒有出口的死胡同，身後卻傳來密集的腳步聲。她不得不靠著潮溼的石牆，在牆角的陰暗處蹲下身，可惜的是，地面上低矮的植物根本無法遮蔽她的身形。

如果這次失敗，被他們抓回去，讓他們有了戒備之心，以後肯定會更難逃脫。

難道只能硬闖嗎？

袁香兒夾緊手中的符籙，凝神戒備。

一個男人的身影突然從巷口穿出來，他的目光正好對上袁香兒，彼此都吃了一驚。

那人眼瞼上留有一道明顯的疤痕。是在鬥獸場見過的時複。

袁香兒認出了他，也確定他看見了自己。

「怎麼樣，有沒有發現？」時複的身後傳來問詢聲。

就在袁香兒幾乎要祭出符籙的時候，那位面相凶惡的年輕人卻轉過頭，向著身後說道，「沒有，只是個死胡同。」

時複轉身離去，背在身後的手指在離開前動了動。

巷子裡那些低矮的植被飛快地瘋長起來，柔軟的枝蔓抽條，寬闊的綠葉展開，十分有效地將袁香兒的身形遮蔽。

巷口的搜查小隊轉身離去，腳步聲和說話聲也漸漸遠離了。

袁香兒在那些繁密的枝葉間蹲下身，將自己藏得更隱祕一些。

第八章　勇氣

天色漸漸變化，出現在附近的搜索隊也越來越多，甚至有騎著飛禽的騎士，在空中來回飛行。

袁香兒覺得自己被發現只是遲早的事，然而她沒有更好的地方可以躲避。

前方傳來一道細細的腳步聲，一隻小手分開草葉，頂著魔物骷髏頭的小男孩探出半張小臉，是偷過她荷包的小男孩時駿。

「啊，哥哥說得沒錯，妳果然在這裡。」時駿笑著說，他把那頂帶著厚厚魔物皮毛的骷髏摘下來，遞給袁香兒，「姐姐，妳戴上這個跟我來吧，躲在這裡是不行的。」

袁香兒思索了片刻，接過他手中的面具。她戴著遮蔽面目的骷髏頭，跟著時駿順著街邊向前走。一隊沿途搜尋的隊員迎面而來，領隊的隊長向袁香兒的方向瞇起雙眼。

時駿不慌不忙地拉著袁香兒的手，一派輕鬆地邊走還邊蹦上兩步。

持著尖銳武器的男人在穿過他們身邊的時候，他甚至比袁香兒還要鎮定，像是真正的弟弟一樣，搖著姐姐的胳膊撒嬌，「阿姐，午食做小炒肉給我吃吧，我好些日子沒吃了。」

袁香兒只是伸手摸了摸他的腦袋。

搜索隊接到的任務是尋找單獨行走、氣息純正的人類少女，因此小隊長便不再留意這對妖氣明顯的姐弟，只是匆匆忙忙地向著前方尋去。

時駿的家離這邊很近，土院瓦房有了不少年頭，顯得破舊而滄桑。他站在屋門外左右看看，確定附近沒有任何人，方才打開屋門，迅速地拉著袁香兒躲進院子中。

「謝謝你，明明是這麼危險的事情，你為什麼要幫我？」袁香兒摘下頭盔，向時駿道謝。

「嘿嘿，這也沒什麼，」時駿不好意思地摸了摸後腦勺，「我每次偷東西，只要被發現了，對方總要把我揍個半死，從沒有輕易放過我，只有姐姐妳不會和我計較。」

「姐姐，妳是個好人。」男孩終於露出了和年紀相仿的笑容，「哥哥也說妳是個好人，他說在鬥獸場的時候，是妳出手相助的，所以喊我來幫妳一把。」

「是嗎？真是謝謝你們。」袁香兒在他的面前蹲下身，「這裡只住著你們兄弟倆嗎？」

「家裡就只剩我和哥哥了。之前父親還活著的時候，家裡比較熱鬧一些。」小小的男孩似乎有些沮喪，隨後又馬上又抬起頭，「不過，我們還有母親。雖然目前還找不到她，但父親生前說過，母親是一位美麗又強大的女子，她總有一天會來看我們的。」

這裡正說著話，院子的門突然打開了。時複從外面進來，反手闔上了門扉。他束在腦後的頭髮有些凌亂，眼瞼上帶著刀疤，看向袁香兒的目光非常冷淡，完全沒有時駿口中描述的那般熱情。

他衝著袁香兒點點頭，沒有說多餘的話，徑直穿過庭院，摘下掛在屋簷下的一掛燻肉，鑽進廚房裡頭。

這裡的院子不大，廚房和餐廳設在一起，時駿拉著袁香兒，在廚房一角的四方桌邊坐下，讓時複獨自在灶臺邊忙碌。

雪刃在砧板上發出齊整而細密的聲響，時複站在灶臺邊，熟練地炒菜做飯。

「雖然吃白篙樹汁就能飽，但我還是喜歡吃哥哥做的菜，他做的菜可好吃了。」時駿把腦袋擱在桌面上，邊說邊咽著口水，「如今的峽谷肯定堵滿了想抓妳的人，是萬萬不能去的，我們知道有一條小路，只要翻過山就能出去。等吃過午食，我們再送姐姐出去。」

背對著他們切菜的時複，突然停下手邊的動作。

「妳……從浮世來，還會再回去嗎？」他側過臉來問袁香兒。

「當然，我只是來這裡辦點事，很快就會回去的。」

「如果，我們幫妳逃出這裡，妳能不能帶我們找到去浮世的道路？」

「你要去浮世？」袁香兒有些詫異。

時複不說話了，埋頭做好飯菜，端到桌上。除了一大盆白米飯，還有一碟子的竹筍炒臘肉。

他做的飯菜很簡單，但生活在這裡的人類，只吃白篙汁液就能飽腹，幾乎不會開火做飯。

時駿已經生疏地拿起筷子扒拉著米飯，吃得滿嘴流油了。

「我們欠下的錢已經還清了，我不想再像寵物一樣，被妖魔圈養在籠子裡，也不願意終日鬥獸供人取樂。」時複舉筷給弟弟夾菜，「聽說浮世的人類可以依靠努力勞作生活，我想到那個世界去。」

「那……我們不等娘親了嗎？」時駿鼓著滿嘴的飯菜，有些吃驚地抬起頭說道。

「我們沒有母親。」時複放下筷子，「阿駿，忘了母親吧，我們只有父親，沒有母親。」

「可是，父親他在世的時候常常說過，母親很漂亮也很溫柔。」時駿有些委屈。

「阿駿，你清醒一點，父親他痴痴等了一輩子，可曾等來母親？那條龍的子女眾多，遊戲人間，只怕早已不記得曾經生育過我們兩個。」

小小的時駿癟著嘴，眼淚都快掉下來了。

「你們的母親是龍？哪一條龍？」

時駿眼淚汪汪：「難道在這個地界上，還有別條龍嗎？」

「青龍？」袁香兒闔了一下掌，「這麼巧？我這次就是為了找它，才來到裡世的。」

袁香兒試探地看了一下表情各異的兄弟倆，「要……一起去嗎？」

赤石鎮是一個小小的盆地，四面環山，山頂上處處都生長著白色的白篙樹。只有在赤色石壁的地方，有一道窄窄的出入口，只要有人守在路口，就無法離開這裡，這也是呂役對袁香兒比較放心的緣故之一。

此時此刻，出谷的道路上肯定眾兵把守，就等著袁香兒自投羅網。

時家兄弟帶著袁香兒避開人群，繞到一處險要之處，沿著光滑的石壁慢慢攀爬上去。

「早些年，這裡到處都長滿了白篙樹，不論你從哪裡走，都逃不過樹神的眼睛，是完全沒有辦法潛逃出去的。幸好這幾年，這些樹變得越來越少，這才被我發現這條完全沒有白篙樹生長的道路。」

時複在前頭領路，時不時動用天賦能力，垂下藤蔓來協助袁香兒和弟弟爬上山壁，蹬上這一片滑溜溜的石壁，道路瞬間和緩了不少。

突然消失了兩日，南河和烏圓它們肯定急死了吧。

想到很快就可以找到南河和夥伴們，袁香兒的胸腔內幾乎盛放不住那顆雀躍的心。縱使呂役給她的屋子再怎麼奢華舒適，也遠比不上那一團柔軟的毛茸茸，讓她來得想念。

她越走越快，幾乎就要跑了起來。

沒想到路邊的樹叢中，卻站立著一名赤著雙足的少年，半透明的身軀，眸色空洞，冷淡地看著袁香兒。

袁香兒嚇了一跳，定睛一看，哪有什麼赤足少年，叢林間只有一棵小小的白篙樹苗，那細細的樹苗藏身在雜亂的草木間，十分不顯眼。

「哥，這裡什麼時候……什麼時候長出了樹苗？」時駿用顫抖的胳膊拉住時複的手臂。

時複緊皺雙眉，在看見那棵柔韌的樹苗後，他的心也隨之沉了下去，這裡所有的白篙樹，都是郡守府中那棵樹神的分身，它們共享著視覺和感知，也意味著他們洩露了行蹤。

「跑，快跑！」他喊了一聲，推了袁香兒一把，扯著弟弟就往前跑。

一道巨大的黑影從山嶺間滑動過來，罩上他們的頭頂，那是一隻翅膀寬大，無聲飛行的巨鳥。

「還想跑？」呂役身姿瀟灑地從空中的鳥背上跳下，無數披甲持銳的男子紛紛跟著他從空中落下，擋在他們前去的道路。

「香兒，妳竟敢騙我，我對妳太失望了。」呂役依舊用那副溫柔又多情的模樣看著袁香兒。

袁香兒緩緩向後退了半步。

「妳為什麼要逃跑，阿香，是我哪裡做得不夠好嗎？」呂役彷彿受了什麼委屈，露出難過的神色。

若非親耳聽見他準備對自己下藥拘禁，袁香兒差點都要生出愧疚之心了。

「哪兒的話，你們對我實在是很好，我其實也不忍心離開。只是肩上還擔著點事，等我辦完了，自然會回來尋你。」袁香兒看著他的眼睛說話，悄悄地將一隻手臂背到身後。

「原來是這樣啊。」呂役語氣溫和，面露微笑。

說到後半句的時候，他那笑著的雙瞳頓時收縮，口中吐出了一條細細的舌頭，在空中捲了一下。

懸停在眾人頭頂的那隻巨大飛鳥，潰散成一片黑色的濃霧，層層黑雲從天空撲下後滾地而來。呂役身後的那些護衛，高舉起寒芒畢露的武器，凶神惡煞地撲向袁香兒。

幾乎在他們發動攻擊的同時，袁香兒也駢指出手，祭出一張紫色的符籙，口中呵斥有聲，「天地玄宗，萬氣本源，金光速現，降魔除妖，急急如律令！」

紫符懸立空中，紫光奪目，現出一尊威風凜凜的巨大金甲神像，金甲神頂天立地，怒目圓瞪，手持金闕神鏡。神臂高高托起的靈光寶鏡中，閃出一道耀眼的金光，那巨鳥化成的黑霧被金光一照，如同被燙傷一般，立刻收縮起來。濃霧中傳來一陣淒厲的慘叫聲，滾滾而來的黑霧也隨之消散，一路倒退著遠遠離去。

那些一邊大聲呼喝，一邊衝上來的男人，被金光來回掃射一通，不少人承受不住，捂著冒起白煙的身軀倒地打滾。便是屹立不搖的人，也一個個失去了俊美的容貌，現出半人半妖的模樣，有的長著半身鱗片，有些頭上頂著尖角，面目猙獰地繼續向著袁香兒撲來。

袁香兒再出一符，紫光閃閃迎風而展，符咒在空中無限放大，鑽出一隻渾身燃燒著烈火的火鳳，火鳳引頸清鳴一聲，張口噴出熊熊烈焰。

這兩張符籙都是從妙道手中搜刮來的，不同於尋常的黃符，威力十分巨大，一使出便起了奇效，將蜂擁而來的敵人衝開一個缺口。

呂役被龍族和水馬族的護衛護在身後，兩人從口中噴出水龍，同撲面而來的熊熊火焰衝撞到一起，激起漫天水氣白煙。

此刻，呂役那優雅勻稱的體態早已消失，現出臃腫矮胖的模樣，雙眼突出，上半張面孔上布滿坑坑窪窪的綠色疙瘩，果然和烏圓描述的一樣醜陋難看。

他氣急敗壞地伸出手指，「妳，妳這個騙子，竟然藏得這麼深！」

這個年紀輕輕的女孩被他的法陣攝到此地之後，一直沒有任何反抗，乖乖服軟，讓他大意地以為袁香兒的實力必定平平，用不著嚴加防範。沒想到此人一出手，便打得他措手不及。

袁香兒不搭理他，拉住時駿，招呼時複一聲就往外衝。一黑一紅的雙魚陣形成圓形的透明護盾，護住她的周身，擋住那些凌亂攻向她的術法。

袁香兒一口氣躍過滿地哀嚎的火場，從缺口處衝出包圍。

一開始是她拉著年幼的時駿在跑，很快就變成時駿拉著她向前跑。雖然時駿年紀還小，但奔跑的速度卻異常快速，臂力也十分強大，幾乎帶著袁香兒飛奔起來。

「哈哈，我們跑出來了，」時駿邊跑邊向後招呼，「哥哥快跟上來！」

跟在他們身後不遠處的時複，卻突然停下腳步，向後方看去。

袁香兒也停下了腳步。

細細碎碎，像是無數風鈴一起搖擺的聲音，從四面八方響起，初時微弱，愈見清脆，轉如萬馬奔騰，向此地湧來。

一片白色的波浪從山後湧起，如潮汐一般漫過翠色的山巒。那是白篙樹的枝葉，此刻，那些玻璃般的細碎枝條，瘋狂地交織生長，漫山遍野地滾滾而來。

在白浪之後，更多的村民蜂擁緊隨其後。

原來，乘坐飛鳥趕來的呂役，不過是第一批抵達的追擊者，後面還有白篙的樹靈和無數的敵人。

「妳趕緊帶著小駿先走一步。」背對著他們的時複突然開口。

「什麼？」袁香兒還沒反應過來，身下的土地卻已抽出綠色的枝條，頂起圓球形的雙魚陣，將其推下陡峭的山坡。

「喂，你給我住手！」袁香兒差一點就被摔暈了。

「哥哥，你不可以這樣，哥哥！」

這裡是高地，山勢陡峭，山坡上連綿不絕的碧綠樹木突然活過來，一棵接著一棵地抽出柔軟的枝條，接力一般地頂著圓球形的雙魚陣向外推去。

透明而結實的球形護陣，彷彿一顆巨大的氣球，順著綠蔭起伏的山坡飛快遠去。袁香兒被摔得七葷八素，天旋地轉，完全無法做出反應，只能緊緊抱住懷中的時駿。

一片混亂的畫面中，袁香兒看見那個背對著自己的身影。巨大的樹木在那人的身邊掀開泥土，拔地而起。粗壯的枝條和蓬勃的樹冠交錯生長，很快遮蔽住天日，堵住整條山道，將那個單薄渺小的背影淹沒其中。綠色植被組成的高聳屏障，將蜂擁而來的白色枝條擋下。

「幫我看著小駿。」他的身影在淹沒其中之前，說了這麼一句話。

雖然他在說這句話的時候聲音不大，卻清晰異常地從山頂上飄落下來，鑽進袁香兒的耳中。

袁香兒閉上眼，抱緊時駿小小的身體，任由雙魚陣越滾越快，一路被起伏的樹冠推著，向前方遠遠滾去。

沒多久，那些不斷抽出的枝條突然消失了，推著他們前進的樹冠也恢復了平靜，雙魚陣也終於停下。袁香兒解除法陣，站起身，山的另一邊濃煙滾滾，不知道情況如何。

年幼的時駿已經在一路衝撞滾動中昏了過去。袁香兒獨自站在寒風料峭的山谷間，看著遠處的硝煙，一時有些茫然，不知如何舉步。

『阿香，阿香！聽得見嗎？阿香？』南河的聲音毫無預警地在腦海中響起。

袁香兒的眼眶瞬間溼潤了。

活了兩輩子的時間，袁香兒一直以為自己的性格十分堅強。在沒有父親且母親冷漠的上輩子，她學會獨自面對和處理任何事情。在從小被家人放棄的這一世，她在師傅離開之後，理所當然地挑起守護師娘的責任。

守護和幫助自己的家人和朋友，直面遇到的任何困境和難事，是袁香兒的處事原則。她其實沒有想過，自己也會有依賴和眷念一個人的時候。

『我在這裡，南河。』她說。

一股難以言喻的情感透過彼此聯繫的紐帶，鋪天蓋地地湧入，它甚至不用說話，袁香兒便已經體會到它滿溢出來的幸福，和恨不得趕緊來到她身邊的急迫。

袁香兒的心突然鎮定下來，沒什麼好怕的，不過是回去那個鎮子，再把時複撈出來，我辦得到。

她重新站直身軀，握緊自己的拳頭。

如果有誰攔著，我就燒光他們的樹，砸毀他們的村子。

身後傳來了一陣風動，袁香兒轉過頭，一道自己想念的身影如風一般掠上山石。

那人踩在石頭上，銀髮招搖，胸膛起伏，口中大口喘著粗氣，明亮的眸子在眼眶中微晃，死死地盯著她看。

『阿香。』南河輕輕地在心裡喚了一聲，向袁香兒伸出手來。它的手指既冰又涼，在觸碰到袁香兒的指尖時，狠狠地抓緊了，將她一把拉進自己的懷中。那雙結實的手臂箍住了袁香兒的身軀後，不斷加大力度。

「總算找到了。」渡朔從天而降，收起翅膀，落在袁香兒的身前。

「阿香，嗚嗚嗚，妳跑到哪裡去了，急死我啦。」烏圓像炮彈一樣，一頭鑽進袁香兒的懷中。

九條尾巴的小狐狸出現在山岩上，飛快地跳躍下來，化為人形後拉住了袁香兒，「可算找到妳了，阿香。」

朋友們重逢相聚，激動地又哭又笑。袁香兒從大家的簇擁中抬起頭來。

「我們先離遠一些，這裡不安全。」袁香兒說，「帶上這個孩子，我有事需要請大家幫忙。」

南河在她的身邊蹲下身，「我背妳吧。」

它的頭髮跑亂了，臉頰上掛著汗，胸膛還在微微起伏，只為了第一個衝到自己身邊。它跑成這副模樣，甚至比飛在天空的渡朔還要快。

袁香兒想起分別之前，自己還拒絕了它的背負、讓它難過，不由感到愧疚，只好接受了它的好意。

她趴在南河的背上，環住南河的脖子，貼著它的臉頰，清晰地聽見彼此蓬勃的心跳聲。

「對不起，南河，讓你擔心了。」袁香兒閉上雙眼。

南河低下頭，停住步伐，「不，是我的錯。」

它化為一隻銀白的天狼，拔腿在山林間飛奔。

是我錯了，我曾以為即便妳離開了，我也能獨自生活，如今才發現我錯得多麼離譜。

重新相聚的一行人迅速遠離赤石鎮，來到隱蔽的山坳處休整。

袁香兒將自己這兩日的遭遇大致述說一遍。

「時複是為了幫妳才陷入敵手，我們一定會想辦法把他接出來。」渡朔聽完後說道，得到了眾人一致的認同。

袁香兒看了清醒過來、低頭坐在一旁的時駿一眼，安撫地握住他的手，「抱歉，為了幫助我，害你哥哥陷入危險，我們會想辦法救出你哥哥的。」

時駿搖了搖頭，「這不怪妳，哥哥一向如此，雖然看起來很冷淡，其實心特別熱，但凡有人對他好，他總要想法子加倍報答對方。何況，是我們自己想跟著妳離開鎮上。」

袁香兒在心裡嘆了口氣，雖然她非常厭惡赤石鎮上的半人類，但任何種族其實都不該一概而論。他們之中既有呂役那樣自私陰險之人，也有時複這樣古道熱腸的類型。自己在鬥獸場上隨手幫了他一把，他便默默記在心中，賭上性命回報自己。

停在榕樹樹枝上的小小樹靈，提著裙襬飄落到袁香兒的肩上，「我請我的同族幫忙看了一下，那個鎮上的人帶回了一個傷痕累累的男子，把他捆在一棵巨大的白篙樹下，正在……折磨他。」

時駿臉色一白，立刻站起身來。

「你好好地待在這裡，等我們的消息。」袁香兒把他按回去。

「不，只有我才熟悉赤石鎮的道路，我帶你們回去。哥哥那時候，與其說是為了幫妳，更是為了讓我順利逃跑。」時駿攥緊小小的拳頭，低著頭道，「在我很小的時候，父親就病倒了，經常有人到家裡來欺負我們，哥哥每次都會用他的藤蔓困住我，把我護在他的身下。如今我已經長大了，我也要護他一次。」

袁香兒看了他片刻，「既然這樣，我們兵分兩路，我從正面回去穩住呂役那些人，你領著南河和渡朔，悄悄潛進鎮子，等我的信號一起行事。」

南河反對：「不行，妳這樣太危險了。」

袁香兒摸了摸鼻子，「其實，我是最安全的一個，他們對我有所企圖，不會要我的性命。我只需要拖延時間，在你們動手的時候，用雙魚陣護著時複就行。」

南河皺眉：「他們對妳有什麼企圖？」

「我剛才沒說嗎？他們把我抓回去，就是想讓我……」袁香兒莫名有些心虛，「想讓我多娶幾位夫侍，好把人族的血脈留給他們。」

烏圓忙著在一堆空白的符紙上來回踩著腳印，「阿香，妳多帶一些符籙去，要是誰敢欺負妳，就把他們統統燒光，我這次踩得很認真，威力肯定特別大。」

胡青將自己脖子上的一條項鍊摘下來，掛在袁香兒的脖頸上，「這是我貼身佩戴多年的法器，能施展我們九尾狐一族的天賦能力『魅惑之術』。雖然沒什麼用處，但那些人好歹有人族的血脈，或許能在某些時候起一點作用。」

項鍊的吊墜是小小一塊狐狸形狀的南紅石，明媚可愛。

「謝謝，我覺得它一定能派上用場。」袁香兒摸了摸還帶有胡青體溫的吊墜。

「妳當心點，絕對不能出事。」胡青握住袁香兒的手，眼裡裝滿了不放心。

「對啊，阿香，妳還是別一個人行動吧。」烏圓跳過來，順著她的裙襬往上爬，跳到她掌心耍賴打滾，「這才剛剛找到妳，妳又要去危險的地方。不行，不行，不然妳還是帶著我一起去吧。」

「放心，我不會魯莽行事。烏圓，你多畫一些火球符，好保護我的安全啊。」

袁香兒一邊安撫著撒嬌打滾的烏圓，一邊悄悄地偷看南河。

她知道南河在情緒波動得厲害之時，耳朵和尾巴會控制不住地冒出來。它在高興的時候，毛茸茸的耳朵會突然冒出；興奮的時候，尖尖的耳朵也會冒出。

最讓人喜歡的是，它在羞澀的時候，耳朵軟乎乎抖動的模樣。

這還是袁香兒第一次看見南河因為生氣而冒出耳朵，一雙毛耳朵尖尖地豎立在腦袋上，上面的毛髮都氣得炸開了。它的眼眶帶著一點紅，薄薄的唇線緊緊抿著，雖然沒有說話，但無論是誰，都看得出這隻天狼已經處於怒火中燒的狀態。

此時已是深夜，他們藏身在寂靜的山谷中，不遠處的赤石鎮上依舊燈火輝煌，一位小樹靈的身影從飛簷疊翠的尋歡樓下掠過，飛出那片火樹銀花的不夜天。

它一路穿過山間的林木飛回來，停在袁香兒手中的樹枝上，「看到了，看到了。就在鎮子內最華麗的那棟建築裡。」小姑娘微微喘著氣，「他被捆在那棵白篙樹下，那些人暫時沒有再欺負他，可是他身邊防守得非常嚴密，即便是我，也只敢停在遠遠的樹梢上看一眼。」

「多謝，勞累妳了，妳先休息吧。」袁香兒和那位還沒有手指高的小姑娘道謝。

小樹靈似乎很高興，踮著腳尖轉了個圈後，回到樹枝裡面去了。

在確認時複暫時沒有生命危險後，大家決定稍事調整，天亮之後按計劃行事。

奔波了一日夜的袁香兒，躺在那一大團熟悉的毛髮堆裡。這裡是荒郊野嶺、寂靜孤林，沒有白玉床、黃金屋，也沒有錦被絲綢、夜明寶珠，只有一隻把自己緊緊護在懷中的銀白天狼。

但袁香兒的心卻覺得異常平靜。一身的疲憊寒冷都在南河溫暖的懷中漸漸平復。

她抱著那條蓋住自己身軀的尾巴，輕輕撫摸那柔軟的毛髮。

驚險逃亡的不安，同伴被捕的失措，一切孤獨惶恐、疲憊勞累都伴隨著這種溫暖的溫度而消失。

她重新變得穩定堅強、無所畏懼。

南河的眼眸在夜色中散發細碎的微光，自始至終都看著自己。

雖然它沒有說話，袁香兒心裡卻升起一股好笑的直覺，如果這裡沒有其他人，南河會不會像烏圓一樣，對她撒嬌、不讓她走？

想起南河變為小狼的形態，翻出肚皮和自己撒嬌，忍耐著任由自己上下其手的畫面，袁香兒的心就忍不住癢癢。

這個男人總是喜歡壓抑自己，什麼事都忍著不肯說。但自己偏偏就喜歡看它被逼迫得按捺不住，洩露出凌亂又可愛的模樣。

袁香兒翻過身，趴在南河耳邊低語，「你放心，我肯定不會有事。」

南河的耳朵抖了抖。

「我也不會讓任何人占我的便宜。」

南河的耳朵尖紅了，「我要第一個。」

「第一個什麼？」

「第一個娶……娶……」

袁香兒又笑了，原來它是在吃醋啊，她附在南河的耳朵說著撩它的話，「我第一個娶的當然是小南，最後一個也是小南。所有開心、有趣的事，我只會和南河你一個人做。」

南河在黑夜中化為人形後湊了過來，竊竊地想要索取一個親吻，卻又羞澀地忍住了。

周圍有太多在休息的同伴，會被聽見。它這樣想。

一隻瑩潤的小手已經朝它伸過來，攥住它捲曲柔軟的銀髮，不準它逃跑。很快，黑暗中有人覆蓋上它的雙唇，不容置疑地分開唇瓣，開始探索那柔軟溼潤的所在。

寒夜的氣息似乎都變得像那個吻一樣溼潤了。

這個可愛的男人敏感又細緻，羞澀而多情，偏偏還要壓抑著自己，生怕被人發現。

袁香兒發覺自己就喜歡看它這副面飛紅霞、眼帶春色的模樣。看它快被逼瘋，看它喘息連連，卻又只能難受地忍耐著，不敢發出一絲一毫的聲響。

兩天沒見，想它想得厲害。如果不是在這種緊急時期，自己或許會花一整夜的時間欺負它，眼看它的理性漸漸消失，觀察它各種可愛又迷人的樣子。

「你等著，等我把時複救出來，」袁香兒和南河分離，目光落在它微微紅腫的瀲灩雙唇上，「我們還有很多時間。」

時複被涼水潑醒的時候，發現天色已經亮了。

他被四肢大開地綁在白篙樹下的祭臺上。

他們拿白篙樹枝條搓成的繩子捆著時複，這種繩子強韌結實，在日光的暴曬下，會迅速流失水分，緊緊收縮。他的四肢和脖頸分別套著繩索，被拉向不同的方向，等到太陽高升，他就會被殘忍地慢慢撕裂，飽受痛苦的折磨而死。這算是他們赤石鎮上最嚴厲的刑罰之一了。

紅色的丹陽越出山頂，溫暖的陽光卻像是一位即將奪走他性命的死神，驅使寒冷爬上他的四肢。捆束住手腕和腳踝的繩索開始收緊，他身軀上遍布各種新舊傷口，在這樣的拉扯之下，屬於他的酷刑現在才要開始。

時複知道自己的生命即將走向終點。

他看著頭頂的天空，視線裡全是搖擺著的白篙枝條和漫天雲霞，他的身邊圍著無數手持銳器的族人，人人一臉憤慨。

這或許是他最後一次看到天空了。

幸好，阿駿順利逃出去了。

對不起，小駿，哥哥從今以後都不能再護著你，希望你自己保重。

「為了一個陌生人，背叛你的種族，你可知道後悔？」呂役的面目出現在他的身邊，低頭看著他，一臉憤怒厭惡的模樣。

時複嗤笑一聲：「反正我遲早都會死，與其在鬥獸場上供你們消遣取樂，死得毫無其所，不如用來幫助一位真正對我付出善意的人。」

呂役的臉色變得很難看，圍觀的人群紛紛叫喊起來：

「混蛋，還敢狡辯，殺了他！」

「處死他，殺了他！這個叛徒！」

「叛徒，罪人，處死他！」

「你這個蠢貨，知道自己幹了什麼嗎？」呂役一腳踩在祭臺上，伸手掐住時複的脖子，那張布滿疙瘩的面孔上，雙目驟縮，「就因為你愚蠢的行為，從昨夜開始，樹神已經澈底和我們斷開聯繫。不論我怎麼祈禱，都已經聽不見它的聲音。」

「祈禱什麼？祈禱永遠當個籠中鳥，瓶中花？祈禱依靠囚禁一位無辜的外來者，延續這種依賴著神靈賞賜過活的日子？」時複仰躺在祭臺上，毫無退怯地直視呂役，「幾百年了，活在這裡的人都不敢走出小小的峽谷半步，他們甚至不知道外面的天空和世界是何模樣。」

呂役收緊手指，看著被他施暴的少年面色充血，發出痛苦的咳嗽聲，「活得不耐煩了嗎？如果車裂之刑還不能讓你懺悔，我會讓你知道，這世間的痛苦何止千萬種。」

「住手，放開他。」一道清越的女聲穿過人群，清晰地響起。

圍在祭臺附近，面目猙獰的半人類們紛紛轉過臉去。他們很快讓出一條道路，路的另一端站著一位少女，那少女迎著初升的朝陽款款走來。

呂役詫異地站起身來，他沒想到袁香兒竟然會主動回來。

「把他放了，我回來了。」袁香兒孤身一人，靠近重兵把守的祭臺，對著祭臺上的凶手說話。

呂役忍不出吐出一條細細的舌頭，下一秒又收了回去，這是他在興奮之時，半妖態的體現，往日他總是極力克制自己，不想讓別人看見自己這副模樣，但此刻卻也按捺不住了。

「不，我不會再相信妳。」他站在祭臺邊緣，瞇著眼睛看袁香兒，抬起手中的銀槍，抵在時複的胸前，「想要他活命……除非妳答應我一件事。」

時複忍著劇痛，扭頭看向袁香兒，勉強擺動脖頸，做了一個讓她立刻離開的神色。

袁香兒卻不看他，只是不緊不慢地說道，「我既然回來了，當然是想要他活命。」她甚至還衝著呂役笑了笑，舒緩劍拔弩張的氣氛，「不過，我和這個人也是偶然相識，我能回來和你談談，算是仁至義盡，若是他死了，或者你提的要求太過分，那我只好作罷。」

雙方談判的時候，各自揣摩的是對方的底線，先露怯的一方就輸了。是以即便想早一點將時複救下，袁香兒也只能盡量擺出不是很在乎的模樣。

呂役盯著袁香兒看了半晌，突然手腕一動，雪亮的槍尖扎進了祭臺上的血肉之軀，使得重傷的少年抑制不住地發出一聲悶哼。

高高在上的劊子手露出挑釁的神色，扭動手裡的長槍。

袁香兒咬住紅唇，忍了又忍，終於還是開口打斷他殘酷的行為，「行了，你要我做什麼事，我同意便是。」

「我之所求，香兒難道還不明白嗎？」呂役露出得勝的微笑，「香兒，其實妳不必如此委屈。我們是真心實意地喜歡妳。妳留在赤石鎮上，我們必當錦衣玉食，金屋玉床地供著妳。妳每日只要由著自己的喜好，挑選幾位妳喜歡的郎君，同他們締結琴瑟之好。妳大可日日笙歌，夜夜尋歡，像是女王一樣地生活。將來，鎮上會遍布妳的後代，無人不敬奉追捧於妳。妳便是赤石鎮真正的女王，這難道不是女子最為幸福的日子，難道不是神仙一般的生活嗎？」

「確實很好，」袁香兒一字一句地說，「我已經同意了，只要你放了他，我就留在赤石鎮。」

呂役抽出扎進時複胸前的那柄銀槍，槍尖的血槽滴落一串殷紅的血液。

槍下的時複已經虛弱得發不出聲音，他只是看著袁香兒，蒼白的嘴唇微張，用嘴型反覆說著，「走，快走！」

但袁香兒卻不肯看他。

「從前我不知道，香兒妳這麼厲害，還這麼會騙人。」呂役用那張布滿疙瘩的面孔，笑盈盈地說話，「如今我當然不敢再輕易相信香兒。」

他蹲在時複身邊，扯動他脖頸上的繩索，「看見了嗎？這種繩子在陽光下收縮得很快，不出一天的時間，這個人就會被活活車裂而亡。」

他在這裡停了一下，等著看那名年輕少女失措的反應。

但袁香兒只是冷淡地看著他，彷彿料定他自己會主動說下去。

呂役有些失望，他站起身，指著圍在四周的鎮民，「只要從這些人裡面，選出三位妳喜歡的郎君，這個人的命，妳就算救下了。」

袁香兒心中騰起一股怒意，這麼久以來，不管是對妖魔還是人類，這還是她第一次真正起了殺意。

此刻，她的身前身後，圍滿了面目猙獰的鎮民，這些人半人半魔，有著與人類相似的身軀，又摻雜著野獸的特徵，正和呂役一般，一臉貪婪地看著自己。

群敵環伺，身處險境，袁香兒卻逐漸冷靜下來。

她知道，自己並不是孤獨一人，南河、渡朔、烏圓和胡青，她摯愛的親朋都在不遠處暗暗守護著自己。

有它們的存在，她的內心就分外穩定。即便眼下有再困難的事情，她也有能夠戰勝的自信。

呂役想過袁香兒會暴怒、會害怕、會難堪而窘迫。可是眼前那位十七八歲的少女，在看了他半晌之後，反而展顏笑了。晨曦恰恰在此時照過來，打在她嬌嫩的容顏上，照亮她脖頸間那一點鮮紅色的吊墜。她這一笑，就如同在嚴冬裡綻放的絢爛花朵。

「行啊，都依你。」她笑著說，那眼眸明亮得攝人心魄。

明明自己人多勢眾，對方孤身一人，陷於自己所設的陷阱。

呂役的心中卻無端湧起一股恐懼的錯覺，一種發麻的感覺爬過肌膚，讓他隱隱害怕又無可抗拒地被眼前的少女吸引，那點綴在少女脖頸的紅色狐狸，明豔地讓他幾乎挪不開眼睛。

從前呂役想要的，只是一位血脈純正的人類，利用她為鎮子注入新鮮的血脈，延續神靈的眷顧。他對袁香兒溫柔親切，也不過是為了實現這個目的的手段而已。

直到這一刻，他的心頭似乎悄悄升起一股渴望，渴望擁有這個女孩的笑容，想要順著她的意思，聽她的話，讓她高興起來，一直對著自己微笑。

不，不能這樣。呂役心生警鈴，他一抬手，吩咐重重的護衛圍住祭臺上的人質。

「妳必須按我說的辦，完成婚禮之後，他才有活命的機會！」

相對呂役的狂躁，被脅迫的年輕女孩只是平靜地說道，「可以。」

女孩嬌豔的肌膚在陽光下映出柔和的光澤，這張面孔即便是在赤血石的石壁倒映裡，也幾乎沒有差別，真實而美豔。她明明嬌柔又弱小，卻在獨自面對棘手的困境時，依舊自信而沉著。

真正的人類都是這樣的嗎？在場的所有鎮民，看著在面對寒刀利劍卻毫無懼色，笑靨如花的少女，都忍不住生出這樣的想法。

在神靈開始漸漸放棄他們的時候，這個女孩大概就是上天賜予的希望，她鮮活無畏地站在這封閉了數百年的赤石鎮，彷彿給這個無所事事、荒唐無度的世界，帶來一股灼眼的真實。

鎮上的居民開始行動，所有適婚之人，無論男女都換上了華美的衣物，擠進這個庭院。紅燈彩綢在袁香兒居住過的廂房張掛起來。大紅喜帕，龍鳳喜服，寶珠華器都被一件件端上來供她挑選。

袁香兒笑著撚起一條金絲勾勒的紅蓋頭，「這個東西在浮世裡，可都是男子蓋的，你可得依著我們那邊的習俗。」

與世隔絕了數百年的呂役，被她的笑容忽悠了，連連點頭，「可以，可以，都按妳的風俗來辦。」

他指著庭院裡的人群，柔情款款地說：「香兒喜歡哪位郎君，盡可自己挑選，絕沒有人會強迫妳的。」

昨夜，袁香兒施展金光神咒符，破除一切妖術，導致所有前去追擊的戰士都不得不現出原形，至此都還沒恢復俊美的容貌。

此刻，擠在院子裡的候選人，有獅身人面的怪物，有同時長著魚鰭和鳥翅的人類，也有背著厚重龜殼的男人。

他們依照本地的習俗盛裝打扮，給自己戴上魔物骷髏做成的頭盔，披上色彩鮮豔的羽毛，裹上柔軟蓬鬆的皮裘，以此吸引袁香兒的目光，顯示自己對此事的重視。

畢竟能得到一個人類血脈的後代，對每個家族都是好事，將類人的後代出售給妖魔為僕，便意味著整個家族都可以得到長期而大量的供養。

呂役吐了一下長長的舌頭，心裡帶上一絲期待。從前他十分介意自己的醜陋，絕不肯讓自己的影像出現在赤血石的石壁之上。但此時此刻，大家一起露出原形，反而讓他有了終於釋放的輕鬆感，香兒並沒有對他露出嫌棄的表情，甚至還時常對他笑，他覺得袁香兒是喜歡自己本來的相貌的。

如果香兒這樣的懂事可愛，或許可以考慮在未來的日子裡，不要這麼勉強她。

若她不想每天都挑選三位郎君，只想和自己在一起，也不是不可以的。呂役心想。

袁香兒站在廂房前遊廊的臺階上，把目光投在院子中那些奇形怪狀的半人魔身上。目光所過之處，所有人都興奮起來。

『阿香，還是直接搶人吧，南哥都快要爆炸了。』烏圓打小報告的聲音，突然在袁香兒的腦海中響起。

袁香兒這次是真的笑了。她伸出手，將一個戴著魔物骷髏、身後披著長長皮毛的年輕男子拉上臺階。

那人的身姿修長挺拔，肌膚白皙，猙獰凶狠的頭盔下，只看見它露出半截的臉頰上染了霞色，薄薄的雙唇緊緊抿成一道。

「就它了。」袁香兒抬手一翻，紅綢飛揚，大紅的蓋頭蓋住了那個男人。袁香兒回頭衝著呂役眨了眨眼睛，將那個被選中的幸運兒推進暖玉溫香的臥房。

廂房層層的屋門闔上，屋外和庭院內的人群靜默了一瞬，又一下喧嘩了起來：

「那是誰？誰這麼幸運？」

「不知道啊，一下就蓋上了頭巾，根本來不及辨別。」

「反正是我們鎮上的人，等出來以後就知道了。」

「咦，是不是有什麼味道，好香。」

臥房中，坐在床邊的南河一把扯下頭上的蓋頭，它滿臉紅霞，眼中染著怒火，咬牙切齒：「我要殺了這些人！」

袁香兒按住它的手，俯身在它耳邊低語，「等一下我們再一起去揍死他們，現在就先讓你來做第一個啊。」

「唔……」南河還來不及說話，雙唇已經被柔嫩的觸感封住了。

華幔低垂，寶樹生輝，奢靡溫香的廂房，虎視在外的惡賊，懸崖邊的緊迫感，放大了感官的刺激。

「不用忍耐，出一點聲音，我們只要裝裝樣子就好。」那人帶著輕喘，咬著它的耳朵說。

口裡說裝裝樣子，手上卻刻意使壞。

很快，一股濃郁的甜香味在昏暗的屋內瀰漫開來。

不多時，袁香兒打開屋門，她長髮披散，衣裳整齊。但那掩也掩不住的濃香，無聲地表達著這間屋子裡剛剛發生的事情。

妖族在發情的時候會發出獨特的氣味，即便是半妖，大部分也都具有這樣的特徵。

在屋外等候的呂役，露出一臉喜色，「香、香兒，妳看看我，下一個是我行不行？」

他心花怒放，心中是壓也壓不住的歡喜。雖說是由她挑選，但袁香兒想必不會拒絕自己。呂役覺得自己馬上就能如願以償，整個鎮子也從此重獲人族血脈。事情進行得比想像中還要順利。

他興奮地想要進入屋內，將那個明明占了便宜，此刻還不知好歹地坐在床邊的人轟出去。

「行啊，」袁香兒伸手攔住門框，「但我有一個條件。」

「條、條件？」

「先帶我去看看時複，我要確定他是否還活著。」

「不行，我們說好的……」

「我，必須先看他一眼。」一直很好說話的袁香兒，在最關健的時刻，突然變得十分固執，「如果你不同意，那我們的協議就此作廢。」

袁香兒在輪到他進屋的時刻反悔，讓心中急切的呂役一時亂了陣腳。

「我只是想到他身邊，看一眼，確認一下他是否無恙，你為什麼這麼小氣呢？」袁香兒放柔聲音，溫和請求，卻又立刻變了臉色，「他是不是已經死了，所以你才不同意？」

「不不，他沒事，還活得好好的，妳這般不放心，我帶妳去看便是。」呂役妥協了，他不放心地交代一句，「只是讓妳看一眼，妳別想打其他主意。」

「嗯，我保證，什麼也不做。」袁香兒轉了一下單薄的衣裙，「你看我什麼都沒帶，連裝符籙的荷包都沒有呢。」

第九章　迷離

白篙樹下的祭臺邊緣，圍了無數手持利刃的護衛。

袁香兒跟在呂役身後登上了祭臺。

她在昏迷不醒的時複身邊蹲下，伸手輕輕推他，「時複，時複？」

在痛苦中昏昏沉沉的時複，睜開一線眼睛，虛弱地看向眼前的人。

「撐著點，時複，我這就帶你走。」袁香兒說。

「香兒，妳說什麼？」身後的呂役陪著笑，想要過來拉她，「妳還要和我……」

袁香兒轉過臉，之前笑盈盈的雙眸此刻冰涼一片，蒸騰著森冷殺氣。

青蔥玉指揚起，凌空成訣，口中呵斥，「天缺訣，陷！」

呂役反應不及，「嘩啦」一聲從祭臺上掉下去，他狼狽地想要爬起身，那位心心念念的少女卻居高臺之上，冷冰冰地看著他，手中指訣變幻：

「地落訣，束！」

「泰山訣，罰！」

似被鐵鍊捆束身軀，似有巨石一次次從天而降，砸得他皮開肉綻、頭昏眼花。

祭臺邊緣的護衛見袁香兒突然翻臉，一擁而上，閃著寒芒的利刃和威力強大的術法，齊齊向袁香兒轟去。

上次交手的時候，袁香兒的雙魚陣才剛使出來，就被時複遠遠地送走了，以致於大部分的敵人，根本沒有真正見識過雙魚陣的威力。

若非如此，呂役等人大概還不敢如此大意，放著袁香兒上了祭臺。

袁香兒對攻向自己的攻擊不管不顧，只是蹲下身，專注地解開綳緊時複四肢的那些繩索。

一紅一黑的兩條小魚，圍繞著袁香兒靈活游動，形成一個透明的球形護罩，將她和時複嚴嚴實實地護在裡面。

不論是尖利的刺刀，還是絢麗的術法，都不能撼動那看似薄脆的護陣分毫。

袁香兒割斷繩索，扶起奄奄一息的時複。

時複身上的新舊傷痕交錯，昨日送走袁香兒和弟弟，獨自擋住樹神和敵人的戰鬥，使得他年輕的身軀幾乎處在潰敗邊緣，又被緊收的繩索勒了半日，他已經陷入了半昏迷的狀態。

袁香兒給他加持了一道又一道的癒合法咒，終於聽見他發出微弱的聲音，「小……小駿？」

「小駿沒事，他在安全的地方，很快就會帶你去見他。」

雙魚陣外，是無數敵人的刀光劍影，法咒爭鳴，半昏迷中的時複含糊地說了一句什麼。

他喉嚨受了傷，說得很細微，但袁香兒聽見了。

「母親……母親，妳……終於來了。」

袁香兒清晰地記得，昨日在他家中，這個男人冷漠而平靜地對自己的弟弟說，我們沒有母親，只有父親。

如今他身受重傷，處在垂死邊緣，在半昏迷中夢囈，卻期待地喊著母親。

作為家中的長子，他年紀輕輕便挑起照顧父親和弟弟的重責，其實他比任何人都更想見那位從未謀面的母親吧？

袁香兒心裡有些酸：「你撐著點，我們很快就會陪你去見你的母親，好嗎？」

陷入泥土中的呂役在眾人的幫助下，好不容易從深坑中爬出來，氣急敗壞地指著雙魚陣中的袁香兒，「妳！妳不要幹傻事，乖乖從裡面出來！」他的臉被咒法砸得鼻青臉腫，滿臉是血，跺著腳咒罵，「就算妳防禦的法陣再怎麼厲害，也不可能永遠都躲在裡面吧？」

袁香兒埋頭照顧時複，不搭理他。

呂役齜牙咧嘴地說道，「等我把妳從法陣中弄出來，我必要妳跪著求我！推，把他們連著法陣一起推下來！」

他的話音未落，一道低沉的喉音彷彿從地獄中響起。

袁香兒剛才「洞房」過的那間屋子，由內而外地爆炸開來，金絲幔帳，芙蓉錦被的碎片飛得漫天都是，一隻巨大的銀色天狼從中現出身影。

它呲牙長嘯，雙目燃著火光，身形一圈一圈地不斷變大，大過屋頂，高過巨樹，占據了整座庭院，在滾滾濃煙之中，現出妖王的震怒之軀。

漫天星斗流光雨下，熊熊隕石墜落之威，轟隆隆地砸進這座流光溢彩，安逸了數百年的不夜之城。

所有能夠戰鬥的武士匆匆拿起兵刃，顫抖著雙腿向肆意撒野的天狼湧去，他們雖然有半妖血脈，但在被白篙守護的世外桃源內，幾乎從未參與過任何劇烈的戰鬥，事到臨頭，只能盲目地一擁而上，企圖用人海阻止這隻發狂的大妖。

清越的鶴鳴在空中響起，一隻巨大的鶴影劃過天空，山崩地裂之中，鶴影掠過的大地無端塌陷，屋舍崩壞，道路損毀。

「不行，郡守大人，那兩隻大妖太厲害了，我們抵擋不住啊！」

「快，快向樹神祈禱。」呂役呆立在戰場之中，不明白自己的城鎮為何突然落入這樣的情形，那些明明遠離的妖魔，是怎麼突然出現在這裡的。

「大人，樹神它毫無回應啊，」報信的武士一臉絕望地看著他，「我們已經被神靈拋棄，鎮子，我們的鎮子就要毀了！」

呂役看著四處崩塌起火的家園，茫然且不知所措。

他們世代受著白篙神的守護，圍繞山谷的眾多白篙樹用它們的神力守護著這裡，驅趕所有靠近峽谷的妖魔。

居住其內的人類生活了數百年，從不需要耕種，也從未受過妖魔的襲擊。以致於他們已經忘記，該如何透過自己的雙手獲得糧食，忘了如何用自己的戰力守護家園。

銀光閃爍的巨大惡魔直奔過來，一口咬住他的身軀，叼著他飛上天空。

呂役看著腳下濃煙滾滾的家園，在被樹神放棄後，數百年的繁華熱鬧，竟然會瞬間崩潰。

他在臨死前閉上了雙眼。

或許，我們從一開始就錯了。

巨大的蓑羽鶴飛到袁香兒的身邊，袁香兒帶著時複跳上了渡朔的後背，向著高處飛去。

成功救出時複，還藉機欺負了南河，袁香兒心情舒暢。她撈上烏圓，乘坐在渡朔的後背上，掠過那片赤紅的石壁，向著山谷外飛去。

山頂上那些稀鬆的白篙樹，靜默地看向他們。

一個少年突然出現在樹林間，抿著嘴，用空洞的雙目凝望著飛行而過的袁香兒。

渡朔止住飛行，懸停在空中。

袁香兒看著眼前蒼白的少年，它的身影透明，目光呆滯，煢煢孑立，似乎隨時都會在風中潰散。

「妳一定要離開嗎？」那少年開口。

「抱歉，我不可能留在這裡。」袁香兒說，雖然她同情它的遭遇，卻不屑它的所為，也沒有幫助它的能力。

少年垂下眼睫，「父親曾說過，我也是你們的家人，是家裡的一份子。它讓我守著阿根，守著家裡的孩子，我一直都很努力，拚命完成了它的囑託。」

「可是不管我怎麼努力，你們卻還是一個接著一個地離開，把我一個人丟在這個地方。」他看著自己幾乎要消失的雙腿，「要知道，我已經不能離開此地了啊。」

袁香兒嘆息一聲，從它的角度看去，竟也覺得它十分可憐，「或許，你應該多看看身邊，這裡除了人類，還有其他的生靈，有你的同類和夥伴，它們同樣喜歡著你，真實地生活在你的身邊。」

少年張開手掌，手心凝聚一點奪目的白光，白色的光芒隱去，現出一顆水晶般透明的小小果實。

「它有止痛祛病、治百疾之效，留給妳吧，妳是我唯一可以見到的人類了，就算留個紀念。」水晶果實從少年的手中浮起，落到袁香兒面前。

「我想，我該睡上一覺了，」透明的少年抱著雙膝，蜷縮起身體，埋下自己的頭頸，「等我醒來，千百年過去了，或許就能忘記你們這些無情無義的人類。」

它的身軀慢慢變小，化為一塊淚滴般的晶體，隱沒進白篙樹林之間。

那些發出悅耳聲響的枝條瞬間寂靜下來，雪白的色澤漸漸褪去，恢復從前的一片碧綠，白雪一般的山頭，漸層漸次地複染碧綠。

為了人類而努力、汲取靈力的小小樹靈，至此陷入長久的沉寂。

跟過來的烏圓一溜煙爬上袁香兒的肩頭，「快走快走，南哥要醋淹赤石鎮了。」

袁香兒回首看了身後一眼，峽谷內四處都是滾滾而起的濃煙。

「別聽烏圓的，」渡朔的聲音傳來，「小南因為妳，對所有含有人類血脈的種族都留有幾分情面。它不過發洩一番，不會過度傷人的。這些人類經此一事，或許能重新開始適應沒有樹神庇佑的生活。」

「不過那個郡守肯定沒命了。」烏圓急躁地傳播小八卦，「阿香妳不知道，在呂役要妳娶三位夫婿的時候，南哥幾乎要氣炸了，是我死死拉住它，才沒讓它提前發飆。當時那股酸味，熏得我必須要吃三罐小魚乾才壓得住。」

袁香兒找到一處避風的山洞，將受傷的時複安置在裡面。

「他傷得太重了，還是人族血脈，復原能力遠比不上妖族，這可怎麼辦？」胡青剪開時複鮮血淋漓的衣物，包紮傷口，對那具血跡斑斑的身軀皺了皺眉頭。

袁香兒在地面繪製了聚集靈氣和癒合傷口的兩套法陣，反覆念誦起金鏃召神咒，但也僅能止血而已。

時複面色蒼白地躺在法陣中，依舊昏迷不醒，甚至還發起高燒。

袁香兒取出白篙留給她的那顆果實，樹靈在沉睡之前告訴過自己，這顆果實有著療傷的奇效，「我們試試這個？」

袁香兒嘗試向裡面注入靈力，那水晶般的果實頓時明亮起來，慢慢離開袁香兒的手心，懸停在空中，散發出純白而溫和的光芒。

白光覆蓋了時複的周身，讓他毫無血色的面色終於緩和了一些，緊緊鎖住的雙眉也漸漸鬆開了。

時駿跟在一旁，一會兒幫胡青遞毛巾，一會兒看著袁香兒施展術法。眼淚早就糊了一臉，卻又因為害怕打擾到對哥哥的搶救，不敢哭出聲，只能拚命忍著，眼淚和鼻涕窸窣著往下掉。

袁香兒擰了一條熱毛巾給他，「擦擦臉吧。」

時駿接過來抹了一把臉，乖巧地道謝，「謝謝姐姐。」他頂著哭紅的鼻子和眼睛，怯怯地問，「我哥哥，哥哥他肯定不會有事的，對嗎？」

袁香兒伸手摸了摸他的腦袋，「樹神留下的果實很有效，你放心，我們一定會竭盡全力救他。」

清透的小小果實始終懸停在空中，散發著治癒的柔光。

袁香兒當真想不到，那位樹靈在沉睡之前，還能留下對人類散發善意的治癒法器。

焦慮了兩日夜的時駿，握著他兄長的手，蜷在他身邊睡去。

包紮好時複的傷口，胡青擰了一條涼帕子，覆上他高熱的額頭。

看見那乾裂的雙唇微微張了張，輕聲夢囈，「母親……」

「這孩子想念他的媽媽了。」

對活了幾百年的胡青來說，還不到二十歲的人類，當然只能算是孩子。

「他們的母親就是我們要找的青龍。」

「啊，妳是說，那隻青龍？」胡青掩住嘴，「青龍六十年往返人間一趟，那隻龍去年才剛回來……這麼說來，這兩個孩子或許都不曾見過他們的母親。」

並不是每一個種族的母親都會和人類一樣，有看顧養育孩子的習慣。

袁香兒搓磨著白篙的果實，和胡青並肩站在山洞口，看著山腳下濃煙四起的赤石鎮。

那位樹靈年復一年地在此地長久守候，卻不知道它家人的壽命早已如蜉蝣一般逝去，就連它喜愛的人類，早已在這世上消失了數百年。

「等回去以後，我想把它種在院子裡試試，它那麼喜歡我們人類，希望它不要澈底對人類感到失望。」

「嗯，它一定還有機會生活在它喜歡的世界裡。」胡青挽住袁香兒的胳膊，「我也喜歡你們，雖然人類有像妙道那樣可惡的傢伙，但也有像阿香這樣可愛的人。」

袁香兒伸手掐它的胳膊，「我也喜歡妖魔，每一個都長得這麼漂亮，讓我忍不住就想掐一把。」

「別掐我，去掐你們家的南河。」胡青和她互相掐來掐去，「我今天在鎮上聞到香味了，妳每次都把人家欺負到發出那樣的氣味，卻還要人家忍著，是不是太過分了？」

袁香兒摸摸腦袋，「每次都是我欺負它，確實有點過分。」

叢林間傳來枝葉撥動的聲響，一隻銀白的天狼分開灌木的枝條奔跑上山，矯捷的身軀帶著戰場的硝煙，冰冷的雙眸盛著未褪的殺氣。

它伴著如血的殘陽走上山嶺，一路走，一路將那凜然的殺氣脫落在地上，及至走到袁香兒身邊的時候，那雙眸中的寒霜已化為春水，伸過腦袋親暱地蹭了蹭袁香兒的臉。

胡青推了袁香兒一把，袁香兒紅著臉色，爬上了南河的脊背。

在黃昏的時候，騎著銀狼馳騁在山野間，或許是這世間最美好的享受。天色迷濛，晚霞燦爛，波濤一般起伏的樹冠披著夕陽的金輝。最妙的是，這樣浪漫多情的世界，很快就會知情識趣地進入更深的幽暗，旖旎著曖昧幽香的夜晚。

涼絲絲的夜風吹過臉頰，袁香兒貼著南河的脖頸，趴在它的後背，雙手圈著南河的脖子，揉搓那裡柔軟的毛髮。

「小南今天生氣了？」

「那個人竟然當著我的面，讓妳娶……娶三個男人。」南河齜著利齒，猶不解氣。

「行啦，消消氣，你把人家的鎮子都拆了。」袁香兒笑話這隻醋狼。

「我本來沒有那麼貪心的。」南河低沉的嗓音響起，帶著一絲不易察覺的委屈，「可是那一天，在裡舍的屋頂上，妳告訴我的話，我都當真了。我……已經沒辦法忍受別人覬覦妳。」

袁香兒伏低身體，趴在南河的背上，「我說的話自然是真的。小南說的話，我也都當真了。」

「什麼？」

「你說你要把整個人都送給我，你說你要是第一個，也是最後一個。」

她身下的銀色天狼紅了耳朵。

「今天的第一位郎君看起來很美味，我通共就只有它一人了，卻來不及好好享用。不知道現在後悔還來不來得及呀？」袁香兒的聲音細細地從它紅透的耳朵鑽進去。

縱橫四野，掀翻整個赤石鎮的大妖一時失去了飛行能力，「嘩啦」一聲，連人帶狼一起掉落進地面繁密的叢林間，濺起漫天草葉。

袁香兒獨自從叢林間回來的時候，面上還帶著未褪的紅霞，頭上沾滿凌亂的草葉。

「阿香，妳跑哪兒去了？」烏圓圍著她打轉，「阿香，妳身上怎麼有股香味，妳是不是背著我偷吃了什麼好吃的？」

胡青一把將烏圓提開，打趣袁香兒道，「南河呢？」

袁香兒咳了一聲，臉紅了，「它有些不好意思，晚……晚一點再出來。」

「真的被妳吃掉了？」胡青湊在袁香兒的耳邊說話，「妳把人家欺負到都不好意思出來了？」

袁香兒悄悄地看看左右，湊近胡青小聲說道，「它太可愛了，我沒忍住。換作是妳也一樣，難道妳就不想看那位渡朔大人，失去理智的模樣嗎？」

「妳……妳是說看著渡朔大人嬌喘不停的樣子嗎？」胡青捂住臉，「啊，確……確實，想想都讓人受不了。」

太陽落下又升起，漫漫長夜過去，山洞裡的時複從昏迷中醒來，覺得身體無處不是劇烈的疼痛。

既然還能感受到疼痛，就說明他還活在這個世界上。身邊隱隱有女性的說話聲，還有乾柴在火焰中，燃燒崩裂出火星的劈啪聲。他似乎躺在一堆稻草上，傷口都被好好地處理過了，身下鋪著觸感舒適的毛毯，身邊還燃著溫暖的篝火，有人救了他，還把他照顧得很好。

眼皮像是灌了鉛一般的沉重，以致於他用盡力氣，才能勉強睜開一條縫隙。

時複首先看見的是自己的弟弟時駿，這讓他鬆了一大口氣。顯然時駿狠狠地哭過一場，鼻尖通紅，髒兮兮的小臉上還掛著淚水。或許是哭累了，他握住自己的手指，沉沉地睡倒在自己身邊。

「他的傷看起來好了不少，似乎已經恢復意識了。」

「真是太好了，希望他能夠盡快好起來。」

有人在身邊說著話。

他從微微睜開的眼縫裡，依稀看見白皙的手臂伸過來，仔細擦去他臉頰和脖頸的冷汗，又將他額頭的帕子取下，換上一條冰冰涼涼的帕子。

「聽得見嗎？時複，想不想喝一點東西？」

「別擔心，你已經渡過最危險的時候了，很快就能好起來。」

昏昏沉沉中，一直有女性的聲音在他耳邊迴盪。

他在這種輕柔的語調中，恍惚回到了自己的童年。

在時複還很小的時候，父親就已垂垂老去。一生思念著母親，情思鬱結的父親很早就纏綿病榻，臥病不起。年紀小小的時複，以幼小的肩膀挑起了照顧父親和弟弟的責任。

鎮上的人因為飽食終日，很少有人願意出來工作，時複卻什麼髒活累活都接，從不挑剔。只要能掙得更多錢，就可以買到藥物給父親治病，可以養育剛剛破殼而出的弟弟。

他是一個沒有母親的孩子，不希望再失去父親，失去親人。

那天，在鬥獸場受傷的時複，於回家的路上發起高燒，昏倒在路邊的雪地裡。

一位懷抱幼兒路過的娘子將他搖醒，「孩子，你生病了，快回家找你的娘親吧？」

他已淡忘那位母親的容貌，只記得那雙手柔軟又溫熱，輕輕擦去他額頭的冰雪，將他攙扶起來。

原來，這就是母親的手。

暖黃的路燈下，那位母親溫柔地看著自己懷中的孩子，豐腴的手掌輕輕拍著包裹孩子的包袱，那緩緩離開的背影，也刻進了時複的心底深處。

從此，這位生活艱難的少年，悄悄地期待起母親的到來。

每當自己受了傷，生了病，他總是咬著牙，在心底偷偷幻想一下，如果母親回來了，會如何照顧自己。

父親總把母親掛在嘴邊，說它是一位溫柔美麗又強大的人。

可是一直等到男孩變成了少年，變成能夠挑起一切的男人，那位母親的身影依舊沒有出現。直至父親帶著終生的遺憾，離開人世之時，他才知道自己的母親，便是那位大名鼎鼎的青龍大人。

青龍遊戲人間，六十年一個來回，根本就不是一個會把孩子放在心上的母親。從此，失望的男人將母親的影子從心底抹去，不論經歷過多少傷痛和孤獨，也不再期待那份溫柔。

只是在飽受酷刑、被綁在祭臺之上，忍受著痛苦瀕死之際，他才發現自己根本沒有忘記，自己最渴望的，依舊是能見到那人一面。

時複睜開眼，痛苦而屈辱的祭臺不見了，他身在一個溫暖的山洞，洞裡燃著篝火，橘紅的火光照在石壁上。

床邊是沉睡的弟弟，是把他從痛苦中拯救出來的朋友，是為他包紮傷口的年輕女子。一隻小山貓在地上打轉，門口蹲坐著力量強大的妖魔。

既溫暖，又令人安心。

「醒來啦？」袁香兒轉過頭來問他，「我們要去尋找青龍，你想一起去嗎？」

豔陽凌空，藍天一碧如洗，灼眼的陽光撒在廣袤無垠的山野間。

巨大的蓑羽鶴從天空飛過，展翅浮飛的影子從青山綠草間一掠而過。

腳下是蒼茫大地，頭頂是青湛穹廬，坐在渡朔寬闊的後背上，第一次在高空飛行的時駿既緊張又興奮：

「啊，那裡有一群野牛，從這裡看下去，牛群都變得像螞蟻那麼小！」

「快看，山的另一邊有一隻好高大的妖魔在行走，它的腦袋都伸進雲裡去了，我們快點躲開它。」

化為少年的烏圓盤膝坐在他身邊，「別這麼大驚小怪，沒出過家門的小東西，坐好了，從這裡掉下去，可沒人會救你。」

這個半人半妖的小東西，聽說才六七歲，哈哈，未免也太小了。烏圓得意洋洋地想著，自己總算不是隊伍裡最小的那個，可以好好擺出長輩的風範了。

「都坐好，誰也別掉下去，省得渡朔大人還要忙著撈你們。」胡青坐在兩個不安分的小傢伙身後，看守著他們，順便照看躺在她身邊的時複。

時複仰面躺在渡朔寬闊的脊背上，身下柔軟的翎羽，伴隨著清風拂過他的臉頰。日行千萬里的大妖化為本體，載著他飛行。眉眼細長的女子跽坐在側，替他掖緊蓋在身上的毛毯。

袁香兒騎在銀髮飛揚的天狼背上，同他們並行齊飛，時時轉頭探問，「怎麼樣，時複的狀況還好嗎？要不要停下來休息？」

突如其來的溫柔讓時複很不習慣，從小到大，就只有他照顧家人的記憶，他幾乎沒有體會過來自他人的關愛，覺得受寵若驚，眼睛也莫名酸澀。

「妳也是妖魔嗎？」他開口問身邊的胡青。

「是啊，我是狐族，我叫胡青。」胡青變出九隻毛茸茸的大尾巴，展開來在空中晃了晃。

「那是烏圓，山貓族。」它指了指已經和時駿玩在一起的烏圓，然後低垂視線，「這位載著我們的，是渡朔大人。」

袁香兒並行在他們身側，伸手摸了摸身下銀色的毛髮說道，「我是真正的人類，而這位是南河。」

時複仰面看著天空中的絲絲流雲，似乎在自言自語，「浮世到底是一個什麼樣的地方？那裡的妖魔都能和人類像朋友一般相處嗎？」

渡朔溫和的聲音傳了上來，「浮世靈氣稀缺，妖魔罕見，那裡的人類依靠自己的勞作而生，多數已經不知道世界上還有妖魔鬼神的存在。至於能不能像朋友一樣相處，要看雙方的性格是否相投，和種族無關。」

渡朔暗黑色的翎羽遠遠劃過長天，「你們若是想前往浮世，忙完此事之後，我載你們一道回去看看便是。」

神鳥展翅，泛野浮天，攜勁風，一躍三千里。

即便借助渡朔和南河這樣大妖的腳程，從外面的世界走到這裡，也已經耗費了數月時間。若是普通的人類或是靈力不足的小妖，想要在兩界間穿行，幾乎是不太可能的事情，那路程太過遙遠，使得本來居住在同一個世界的他們，慢慢忘了彼此。

人妖相隔的兩個世界越離越遠，總有一日將會澈底分離，將彼此的影像留在口耳相傳的傳說中，和那些陳年古籍的畫卷裡。

當他們漸漸看見海的時候，青龍統禦的領地也終於到了。

裡世的大海無邊無涯，萬里有餘，據說從未有人抵達過大海真正的邊際，傳說中，在海的南處是赤紅的深淵，極北是無邊的冰原，東有海外仙山，西臨幽冥暗府，大海深處吐雲霓，含魚龍，隱鯤鱗，潛靈居，有著無數強大而神祕的存在。

眾人在海岸邊停下腳步，從這裡放眼望去，可以看見一座孤懸海面的高山，那便是青龍的巢穴。

傳說中的青龍，是一位永遠只會睡覺和遊戲人間的妖王，但屬於青龍的領地上，依舊彙聚了許多慕強而來的妖魔，以致於這附近的海岸邊，成為了繁華熱鬧的集市，以供生活在這片海域的妖魔們交換貨物。

袁香兒一行穿行在集市中，這座海邊的集市處處帶著海水的味道。

岸邊的房屋多用紅色的方條岩石砌成，屋簷斜翹，衝天而起，又鑲有色彩斑斕的海貝珍珠，屋臺樓閣層層累覆，豔麗多姿地妝點在吐著白色浪花的海岸線上。

人面鳥身的海鳥成群飛過海岸邊，發出詭色殊音。臉上生著鱗片和魚鰭的鮫人，從碧藍的海中浮現出身影，捧著華美的鮫綃，排著隊，一個接一個地從海底走上岸。

鮫人編織的綠煙羅綃披掛在桿頭，海妖淚化的夜明珠盛放於匣中。珊瑚琥珀，硨磲瑪瑙，不要錢一般地堆積如山。能夠發出歌聲的海蚌，帶著奇幻斑紋的寶石，也隨意地擺放在商人的地攤前。在人間界無法找到的古怪食材，奇珍異寶，在這裡隨處可見。即便是轉世重生的袁香兒，都免不了為如此獨特而夢幻的集市嘆服。

這裡的妖魔們似乎生活得分外恣意灑脫。貼著地面飛行的魔物縱聲歡笑，集市上披著海藻的商販，也閒情逸致地邊彈邊唱。酒樓、茶室和浴房一間挨著一間沿街開設，門廊外凌空懸掛著上下飛舞的七彩琉璃燈。

在這個地界，雌性的數量似乎相對稀少，雄性的求偶行為在這裡顯得熱烈而直接。幾位穿著錦繡霓裳的女妖，舉著燈籠嬉戲追逐而過，留下一路銀鈴般的笑聲，引來路邊無數雄性妖魔舉目相隨。

魚頭人身的水怪舉起不知從哪裡打撈的古怪寶箱，向它們展示著自己的富有。垂著長長魚尾的海妖坐在高處的欄杆上撥動箜篌，為它們唱起情歌。甚至有一隻不知什麼種類的妖魔，開屏似地展開巨大的魚鰭，魚鰭上華光一片，睜著十餘隻大大小小的眼睛，袁香兒被它嚇了一跳，知道的明白它在求偶，不知道的還以為它在嚇人。

便是袁香兒和胡青兩人，行走在繁華的街道中，也能時時收到男士們熱情的口哨聲。

一位披著彩色翎羽的年輕男子，彈著三弦琴，邁著歡快的舞步，旋轉身軀，單膝跪到袁香兒面前，口中唱著情歌，捧上一個漂亮的海螺。

南河從旁伸出手來，一把攬住袁香兒的腰，把她拉向自己，上半張面孔現出銀針豎立的毛髮，齜牙發出低低的喉音。

那位有著漂亮翎羽的妖魔估摸了一下南河和自己的實力，懨懨地退卻了。

「有伴侶了嗎？真是可惜。」

「難得有新來的妹子，還是可愛的人族呢。」

南河攬著袁香兒不肯鬆手，釋放出一股獨屬它的濃烈氣味。它簡直想要立刻找到一個私密的空間，好好地和香兒耳鬢廝磨，讓她的全身染上自己的氣味，讓全天下的人都知道，他們是屬於彼此的。

再單純的男孩子，在歷經了人事之後，也會迅速成長為一個男人的。南河開始控制不住地對香兒有著更多的想法，滋生出更為強烈的獨占欲。

回想起幾日前在山林中的情形，南河忍不住耳尖發燙，它幸福得彷彿整顆心都被填滿，又懊惱於自己的青澀和不諳世事，在那時手忙腳亂，讓香兒看了笑話，還要依靠香兒細心教它。

袁香兒正在偷看自己的小狼，它一會兒凶得很，恨不得把靠近自己的所有異性都趕走；一會兒又不知想起什麼，莫名紅了面孔。

赤石鎮山林中的那一夜，袁香兒會一輩子牢記於心中。南河在月色下瑩瑩起光的肌膚，還有那些滾落的汗水，難以抑制的沙啞喉音，她要永遠將那一幕留在心底。

或許在這種兩情相悅的事情上，人類的習俗是以男性來主導。可惜南河就像一張純潔的白紙，而袁香兒就像是熟練的老司機，所以她順理成章，滿心愉悅地狠狠欺負了那位懵懂無知的強大妖魔。

花有清香月有陰，只愛春宵不愛金，只恨當時沒有更多的時間，好好品味它那副可愛又可憐的模樣。

一行人走進路邊一間酒肆歇腳用餐。

二樓的雅間開闊而舒適，憑欄遠眺，海面像是一塊巨大的藍寶石一般平靜美麗。遠遠望去，一座孤獨的山峰聳立在海天之間，山上吞雲吐霧，鳧鳥不渡，飛魚難躍，看不清山巒的真面目。那裡是上古神獸的巢穴，巨大的青龍或許正在其中盤桓著身軀，守著它的億萬珍寶。

胡青坐在開闊的窗邊，彈奏手中的琵琶，悠悠琴聲伴隨海浪傳開，窗外的水面頓時躍出一隻體型漂亮的海妖，溼漉漉的海妖憑藉欄杆外的崖壁爬上來，伸出一隻修長的手臂，將一朵紅豔美麗的山花遞到胡青面前。

「謝謝你啊。」胡青接過那朵花，將它別在自己的鬢邊。雙手疊在欄杆上，和海妖交談了許久。

直到夕陽的霞光染紅海面，海妖才縱身一躍，濺起一大篷潔白的浪花，回到大海深處，「它說青龍就在那座龍山之上，但它的化身時時會到這個集市上溜達。有人說是青面獠牙的夜叉，也有人說是珠冠冕服的女帝，每次的形態都不一樣，沒有人知道青龍真正的化身是什麼模樣。」

胡青說著話，伸手撫了撫鬢邊的山花，悄悄瞟了渡朔一眼。她的渡朔大人身披鶴氅，袖著雙手，依舊溫和恬靜。

如果大人也能像小南那樣，稍微為我吃一點醋，那該有多好啊。胡青有些遺憾地想著。

夜晚降臨之時，海邊的集市逐一亮起了燈，暖黃色的燈光透過窗戶，為那些古樸厚重的朱紅建築，添了幾分浪漫神祕。

一隻穿著長袍的小穿山甲穿過潮溼的街道，順著建築的陰影一路小跑，來到一家客棧的牆角下，抬頭看向透出熱鬧剪影的窗戶，深深地吸了一口氣。

自從數日前，幾位來自浮世的旅行者住進了這裡，這家客棧都會飄出一股獨特的食物香氣，是那些新來的客人在製作美味的食物。

它只是一隻妖力低下的小妖，沒什麼拿得出手的東西能用來交換，只能每天溜到窗戶底下，伸長脖子，聞一聞那股氣味來解饞。

暖黃色的窗戶「嘩啦」一聲被人推開了，一位漂亮的人類少女從窗戶探出頭來。

這就是傳說中的人類啊，被嚇了一跳的小穿山甲呆呆地想。

「果然又來了啊。」那個人類姑娘笑盈盈地說著，手裡捏著一塊剛烤好的肉餅，薄薄的餅子一面焦黃，細細的小蔥和帶著油花的肉沫，從中溢出了濃郁的香味，惹得小穿山甲吞了口口水。

「你是不是想吃？這個給你吧？」少女一手撐著窗沿，俯下身來，將那塊金黃的烤餅遞到它面前。

一邊感到害怕，一邊又忍受不了香味誘惑的小妖，終於甩了甩尖尖的長尾巴，抬起袖子，舉著一雙小小的手，接過那塊熱呼呼的烤餅，隨後轉身竄進了幽暗的巷子。

躲起來之後，它露出滿是鱗片的小腦袋，一邊啃著餅，一邊偷看袁香兒。

「它看起來好像錦羽啊。」烏圓蹲在窗臺上，和袁香兒一起看那隻雙手捧著餅的小妖怪，「我們好像已經離開家裡很久了。也不知道錦羽和師娘過得好不好，我帶了好多漂亮的珠子，回去分給它一起玩。」

袁香兒在海邊的客棧住了幾日，每天除了打聽上龍山的辦法，就是和胡青一起大張旗鼓地製作美味佳餚。

不少好口腹之欲的大妖們聞風而來，用它們那些會唱歌的海蚌、能照明的珍珠來和袁香兒換美食吃，袁香兒好奇心爆棚，蒐集了不少形態各異的奇珍異寶。當然，團寵烏圓也藉機得了不少它看上的零食和玩具。

「阿香待在窗口幹什麼？快來和我們一起喝酒。」一隻魚頭人身的魔物喝了酒，衝著袁香兒嚷嚷，它算是集市上比較富有的一位魔物，手上獨特的東西也多，每日扒拉著不知從哪裡尋覓來的奇特寶物，來和袁香兒換吃的。

「阿香妳看看，我今天給妳帶來了什麼好東西。」它從懷裡掏出一小包油紙包著的東西，獻寶似地遞給了袁香兒。

袁香兒打開一看，驚喜地發現是一塊方方正正、類似起司的食物，品嘗了一點，口感香滑，風味獨特。

「這可真是好東西，謝謝，只要有了它，明天我就能做披薩餅給你們嘗嘗。」袁香兒高興地說，「這是從哪兒來的？」

大頭魚人很高興，鼓了鼓腮幫，又取出了一個遍布銅銹的青銅罐子，期期艾艾地遞給袁香兒。袁香兒小心地揭開蓋子，裡面卻是一罐變了顏色的半液態，傳來一股熏人的惡臭。

「這不行，早壞了不知道多少年了。」袁香兒捏住鼻子。

妖魔們對食材的鑒別能力也太差了，讓她不由想起南河送她毒蘑菇的那段日子。

魚鰭上睜著十幾隻眼睛的魔物叫做「多目」。它眨著好幾雙眼睛，取出一個小小的銀質酒壺，「有好吃的便不能少了好酒，我這裡備著酒呢。」

不太起眼的小小酒壺內，卻傾倒出琥珀般的美酒，那酒味道香醇、入口綿柔，乃是人間難尋的佳釀。更為神奇的是，巴掌大小的銀壺彷彿永遠傾倒不完一般，只要你舉杯就它，它就能源源不斷地湧出美酒佳釀。

大家就著一桌子的人間美食，飲著永無止境的美酒，聽著屋外層層疊疊的浪濤聲，盡情飲宴，把酒言歡。

「阿香是人類，好……好少見，我已經好幾百年沒見著人類了。我特別喜歡人類。」大頭魚人喝得有些多，說話都開始結結巴巴。它舉起酒杯敬了袁香兒一杯。袁香兒高高興興和它碰了一下杯子，一飲而盡。

「大頭，你不是被人類從浮世趕出來的嗎？我記得你剛來的時候，整天對人類罵罵咧咧。」多目揭它老底。

「是嗎？我已經不記得了。」大頭魚人伸出細細的胳膊，不好意思地撓撓滑膩膩的魚頭，「人類明明很弱小，卻總能做出各種有趣的東西。特別是食物，做得比誰都好吃。雖然有些人類很討厭，但我覺得大部分還是可愛得不得了，我真的很喜歡他們。」

它細細的雙手交握在一起，瞇起魚眼，露出一臉懷念的表情。

或許人類有很多不足之處，但大多的妖魔生性單純，只記得人類的種種好處，它們對袁香兒的態度十分熱情友善，常常有人找袁香兒拼酒，送一些小禮物給她，袁香兒也來者不拒。

這酒真好喝，滋味醇厚，回有餘甘，多喝些料想也無礙的。

沒過多久，大小妖魔們推杯換盞，觥籌交錯，在酒肆的前廳飲醉狂歡。

烏圓拉著時駿，穿過那些喝多了酒，已經開始載歌載舞的妖魔，找到胡青。

「胡青姐，阿香呢？」

「不知道，她好像喝得有點多，應該是和小南在一起吧？」胡青轉過身來回話。

此時的胡青正站在靠海的窗臺邊，和幾隻露出海面的雄性鮫人聊天。

鮫人們喜歡歌唱，擁有一手好琴技的胡青很受它們歡迎。它們從水面上探出身體，爭相和胡青說話，高興起來就要唱上幾句動人的情歌。

「走，小駿，我帶你去找阿香，她今晚得了一盒好漂亮的珠子，能當作彈珠來玩。」烏圓風風火火地拉著時駿跑了。

胡青想喊它們都來不及。

阿香喝多了，肯定是和小南親親熱熱地在一起啊。

想到袁香兒和南河的幸福甜膩，胡青免不了羨慕。我這樣和其他男性說話，渡朔大人也毫不在意。它偷偷瞧了在不遠處悠然自得，自飲自斟的男人一眼。

難道在它的心中，我依然只是當年竹林中的那個小孩嗎？

一名成年的鮫人露出精壯結實的上半身，溼漉漉地躍出水面，撐著窗臺的欄杆，坐在窗沿上展喉歌唱，那歌聲空靈而誘人，柔軟而神祕，洋溢著對眼前美人的讚頌之意，無論是再怎麼鐵石心腸的人兒，都免不了為此歌聲迷惑，鮫人唱到動情之處，拉起胡青的手，想要就唇在手背上落下一吻。

一隻穿著烏黑長靴的腿卻突然從旁伸來，一腳將那隻不識禮數的鮫人踹回海裡。

鮫人重新浮出水面，一臉怒色，憤慨地用他族聽不懂的鮫語咒罵起來。

長髮披散，身披鶴氅的男子出現在美麗的胡青身後，微微顰眉，額頭上現出若隱若現的翎羽痕跡。天生對鳥類帶著恐懼的幾隻鮫人瞬間安靜了，沉下海面，只露出眼睛以上的半個腦袋，遠遠地躲在海礁之後不甘地看著。

「渡朔大人，您……」

胡青又驚又喜，還來不及說完話，渡朔已經一把拉住它的手，將它扯離人群。

走到樓梯下的隔板前，渡朔才鬆開緊握的手，明明做了一反常態的事，但它卻始終沉默著，一句話也沒說。

雖然它沒有出聲，但對胡青來說已經足夠了。精通音律的少女踮著腳，看著它的山神說話，面如春花，神采飛揚，內心的幸福感幾乎像湧泉一般滿溢出來。

胡青歡快地說著話，卻不知道和它們只有一牆之隔的小小樓梯間內，南河正窘迫得無地自容，它一手撐著牆面，不讓自己的身體滑下去，一手緊緊握住袁香兒的手腕，動用契約在袁香兒的腦海中小聲說道，『阿香，別這樣。你喝醉了。』

「胡說，我哪裡會醉，我酒量向來好得很。」袁香兒雙眼迷離，面色緋紅，手底不乾不淨，本性暴露。

「唔……」南河發出了按捺不住的喉音，急忙咬住嘴唇。

它清晰聽見隔壁傳來胡青和渡朔的說話聲。再遠一點的大廳內，無數大小妖魔正高談闊論著，烏圓和時駿則大呼小叫地，貼著樓梯間薄薄的木牆跑過。

只要它不慎發出一點聲音，這些聽力敏銳的妖魔，立刻就會知道他們躲在這裡，在做些什麼。

得。

南河幾乎羞憤欲死，它強迫自己要立刻拒絕袁香兒的動作，但身體卻誠實地動彈不得。

袁香兒貼著它的耳朵，綿綿細語，「你動情了，你身上的味道，真是棒極了。」

「我喜歡這個味道，你是不是故意用它來勾引我，我每次一聞到這個味道，就忍不住想要和你親熱。」

完了。

南河閉上眼，一旦散發出濃郁的香味，它就無所遁形。

或許還會有人闖進來一探究竟，南河不敢去想自己被剝了皮毛的羞恥模樣，以及公然暴露在眾人視線裡，會是什麼樣的情形。

但不知道為什麼，越是羞愧難當，越有一股莫名的興奮，順著心尖爬上來，令它肌膚上的毛孔都在為之顫慄。

「別怕，」醉醺醺的袁香兒抓著它的尾巴，吻了它的眼角，「集市上有能夠煉製法器的大妖，我特意用渡朔的羽毛，請它煉了一個遮天罩。啟動它的時候，即便你叫得再大聲，香味再濃郁，外面的人也不會察覺到的。」

她抬起瑩白的手腕，晃動著不知何時戴上的黑白手鏈，「不信你試試。」她突然捏了一下南河的尾巴，毫無防備的南河頓時發出一聲清晰的聲響。

它捂住了嘴，靜聽片刻，一牆之隔的眾人果然毫無所覺，胡青開開心心的聲音，依舊毫無停頓地順著隔板傳進來。

南河紅了眼睛，翻身按住袁香兒，胸腔起伏，氣息紊亂，就要低頭吻她。

她真是太壞了，壞得讓人又愛又恨，恨不能將她撕碎，吞進肚子裡去，又恨不能將她含在嘴裡百般憐愛。南河發誓要好好報復一番，可惜它還來不及動作，就被死死禁錮在地上。

雖然袁香兒喝醉了，術法卻不失所望，甚至比沒醉之時運用得更為純熟自如。

「地落訣，束縛！」她扭轉指訣，得意洋洋地念道。

大頭魚人和多目一聽說袁香兒今天要用起司做最新的食物，早早就跑到了客棧蹲守。

兩隻妖魔將下巴擱在操作臺上，看著袁香兒耐心地將麵粉篩得雪白細膩，又在其中加了鹽和酵母，用牛奶調和後反覆揉製。桌臺的另一邊，胡青並刀如水，細細地切著蔬菜和火腿。

多目後背的魚鰭開了又闔、闔了又開，數十隻眼睛眨來眨去，看個不停，「這個世界上，大概也只有人類會在食物上，花這麼多心思了吧？換作是我，肯定學不來，光是這些瓶瓶罐罐，我就分不清了。」

「還得等多久啊？怎麼這麼麻煩，看起來已經很好吃了啊。」大頭魚人指著刷上了油，被放置在一旁醒麵的生麵團說道。它伸出細細的胳膊，想要偷嘗一口。

「耐心等一會兒，還早得很呢。」袁香兒拍開它企圖偷吃麵團的手，不緊不慢地切著起司。

「香兒，咱們做的這道菜是什麼？看起來好像很簡單。」胡青面有憂色，「我們這幾日精心做了那麼多菜肴，幾乎把各大菜系的名菜都做了一遍，卻沒有引來半點動靜，是不是我們消息有誤，這樣根本沒辦法引來那隻龍的注意。」

他們到達此地已有了數日之久，孤懸海中的那座龍山，雖然看起來離得不遠，卻連渡朔和南河都無法靠近。那座山就像是海市蜃樓，看似近在眼前，卻永遠都無法真正抵達。

他們只好在集市上百般打聽上山的辦法，卻無一人知曉，只聽說青龍時常化身在此地遊蕩，又喜好美食。他們便在這集市圍爐煮飯，把世間知名菜肴，諸如佛跳牆、果木烤鴨、西湖醋魚、東坡肉……逐一做了個遍，結果只引來了無數流著口水的大小妖魔。

「阿青，我想了一下，這位青龍活了那麼長的歲月，每隔六十年都會去人間遊歷一番，尋覓好吃的食物，只怕這個世間知名的菜色，沒有它不知，沒有它不曉，早就被它反覆吃了個遍，口味也養刁了。即便我們再怎麼用心做菜，可能都無法吸引到它，要另尋途徑才行。」袁香兒口中說著話，卻沒有停下動作，攤平醒好的麵團，用錐子在上面扎下細細的小洞，再仔細刷上特製的醬料。

「那該如何是好？」胡青愁眉不解，「難道我們還能做出這世間從未出現過的菜肴嗎？」

袁香兒笑了，在她所生活過的世界，資訊流通，交通發達，能隨意品嘗各國豐富的美食。雖然未必有神州大地上傳統精緻的菜肴好吃，但比起食譜的新奇多樣，在這個世界上，大概沒有人能勝過袁香兒。

「我恰巧知道一些別致的點心，這個集市又容易尋到獨特的食材，讓我來試一試好了。」

圓圓的薄餅上鋪設了胡青初炒過的青椒和洋蔥，再細細地撒滿起司碎片，放置在一片厚實的鐵盤之上。袁香兒沉心靜氣，雙手前舉，凝神運用起基礎火系法訣——神火咒。

雖然神火咒是修行之人最容易掌握的初級法訣，但要像袁香兒這樣，能精細控制火力的大小到可以用來烘焙的程度，卻十分不易。這還得益於她從小不務正業，喜歡瞎搗鼓的習性。

在那些名門大派裡的修士，若是有人像袁香兒這樣，把神火咒苦修到極致，目的只是為了方便自己烘焙燒烤，那必定要遭到師長的責罵懲處，指她不務正業，浪費天分。

幸好袁香兒的師傅余瑤從不介意這些，甚至在她剛學會神火咒，烤起地瓜和烤肉串的時候，還會一臉高興地蹲在她身邊，指導她如何精準把握法訣，才能把肉烤得更為恰到好處，外焦裡嫩。

雪白的麵團一點點地鼓起，漸漸覆上一層誘人的金黃色，奶黃的起司酥軟，融成一片，包裹上噴香的火腿和爽口的蔬菜，一股獨特的食物香氣便在屋內蔓延開來。

「阿香，妳為什麼非要去龍山呢？」大頭魚人被那股誘人的香味勾得口水直流，「雖然龍山看起來屹立在海中，實際上卻被上古法陣守護著，從未有人真正上去過。不如別想著去龍山，就留在這裡。我天天給妳蒐集妳喜歡的食材，讓妳做成這些好吃的，豈不快活？」

其他等著開飯的大小妖魔們，也七嘴八舌地附和起來：

「是啊，根本沒有人上過那座山呢。」

「我在這裡生活了這麼久，都沒見過。」

「或許有人上去過，但都死在了山上，不曾回來過。」

「倒是神龍大人經常會來鎮上，它的氣勢十分強大，嚇得我跪在地上抬不起頭。」

「聽說能上龍山的道路只有窄窄的一條，無時無刻都在變化著，無從找起，即便妳運氣好，找到了道路，那裡的海域不僅有強大的法陣，還有神將天吳，危險得很。」

喧鬧之中，一道清越動人的女音分開雜亂的聲音，清晰地在所有人的耳邊響起。

「想要去龍山，倒也不是沒有辦法。」一位年輕的女孩坐在屋粱上，纖手托著腮，搖盪著雙腿，饒有興致地看著袁香兒的動作。它像是突然出現，又像是早已在那裡蹲了許久。

第十章 潛入

嘈雜喧鬧的屋內，像是被人一把掐住脖子，變得一片死寂，所有妖魔頓時匍匐下身軀，想盡辦法將自己縮得更小一些，躲進陰影裡，讓自己別那麼醒目。

袁香兒在這一路上聽過無數人對青龍的各種描述，她早已對龍的模樣充滿好奇。她想過青龍有可能是青面獠牙，身強力壯的夜叉模樣，也有可能是氣勢凌厲的御姐風範。但她怎麼也沒有想到，青龍竟是一位看上去比自己還小的少女。

那位少女從梁上跳下來，伸手拿起一片剛烤好的披薩餅，抽斷長長的起司條，放入口中咬了一口。

「嗯，好吃！這是什麼東西？我怎麼從來都沒吃過？」少女的眼睛亮了，它歪著腦袋，紅唇微微嘟起，淨白無暇的面孔，旖旎的長髮及地。

『阿……阿香，就是它了。』烏圓躲在袁香兒的身後，帶著一點害怕的顫抖，悄悄在袁香兒的腦海中說。

誰能想到活過悠久歲月的上古神獸，震懾一方領域的強大妖魔，遊戲人間，情緣豐富，在世間留下無數血脈的青龍，竟是看似不諳事務的女孩。

「這叫披薩餅，」袁香兒看著它，一字一句地慢慢說，「這世間的美食何止千萬種，妳沒吃過的東西還多著呢。」辛苦走了這麼久，終於見到了青龍，務必要吸引它的注意力。

「我沒吃過的東西還有很多？這還是我第一次聽說呢。」青龍吃完披薩餅，拍拍小手看著袁香兒說道，「人類總有諸多欲望，你們特意來尋我，想必也是想向我要什麼東西吧？」

袁香兒也直接道，「我們從遠方來，想向您求水靈珠一用。」

「哼，貪婪的人類，水靈珠可是我們龍族的祕寶。」青龍托起滾燙的鐵板，毫無壓力地把餘下的餅帶走，「這個我拿走了，如果你們能順利上山，又做出像這樣美味的菜肴，我便實現你們的願望。」

「作為回報，我就告訴妳入口的位置吧。今夜子時，龍門開在山的坤位。能不能進得來，就看你們自己的本事了。」

青龍留下這句話後，身姿輕盈，裙襬飛揚，轉身便要離去。

「等一下，妳，妳還記得『時懷亭』這個人嗎？」一道聲音喊住了它。

「時懷亭？」少女短短的眉毛微微皺起，思索了片刻，「不記得。」

它的眉毛淡而短，眼睛又大又清澈，十六七歲的模樣，說起話來肆意張揚。

它毫不猶豫地說出「不記得」三個字，像是一柄尖刀扎進了時複的心。

年幼的時駿從初見青龍的狀態中清醒過來，憤憤不平地喊出口，「可是，阿爹他一直在等妳……」

時駿本想繼續說下去，卻被哥哥從後面伸過來的手捂住了，炙熱的眼淚開始滑落，流過哥哥有力的手掌。

「別說，小駿。它不是，它配不上父親。」時複捂住掙扎中的弟弟，向後退了幾步。

他的眉毛同樣短而淺淡，眼睛卻漂亮而狹長，因為帶有一道疤痕，顯得有點凶，此刻眉頭擰在一起，死死盯著眼前那位一臉無所謂的少女，眼眶發紅。

「你們為什麼要用那副眼神看著我？我應該要記住那個名字嗎？」少女明明沒有動作，身影卻突然出現在兄弟倆的身前。

它歪著腦袋打量時複和時駿，「奇怪，明明沒有見過，但你看起來卻很眼熟，特別是這雙眼睛，好像在哪裡見過？」

「妳，妳太過分了，妳連阿爹的名字都不記得。」時駿掙脫出哥哥的手，撞了眼前的青龍一下。

他個子小，速度卻很快，青龍猝不及防地後退了兩步，匆忙護住險些撒了的披薩餅，抬起小小的臉，一時峨眉倒豎，滿面怒容。

「大膽！何方小妖，敢觸犯龍威！」一道古樸而渾厚的嗓音，不知從何處響起，少女纖細的身軀後蔓延出巨大而猙獰的黑影，那龍形的影子像是有靈一般，盤踞在牆壁之上張牙舞爪。

昏暗中，彷彿有一雙巨大的金色豎瞳，在少女身後的陰影處睜開，帶著亙古神獸的恐怖威力，盯著屋中的所有人。

屋內匍匐在地的大小妖魔在這股威壓下不停發抖，窸窸窣窣地向後退。

在巨大的龍影面前，時駿本能地感到害怕，被哥哥時複伸手護在身後。

但還有一個男人，擋在了他們兩個的前方。

那人一頭銀白的長髮，身軀微微前傾，盯著眼前凶神惡煞一般的龍影，嘴角甚至還露出了一點笑容。

在它身後，一個巨大的狼影延伸出現，和張牙舞爪的龍影針鋒相對。

「天狼族？裡世間竟然還有天狼存在。」那道帶著迴響的嗓音再度響起，「不過是一隻小狼，竟敢挑釁吾的威嚴。」

「或許我年紀比妳小，但妳只不過是個化身。」南河絲毫沒有感到畏懼。

少女倒豎著眉頭，它用墨黑的雙眸看了南河半晌，神色放緩，身後那道巨大的影子從屋牆上退了下來，收縮回正常的形態。

「算了，難得吃到好吃的東西，心情這麼好，我便不和一隻幼崽計較了。」它用一根手指頂著披薩的鐵盤轉了兩圈，「吾歸也。」說完這話後，少女的身軀很快變得透明，在原地消失不見。

「想要水靈珠，就帶著好吃的食物過來吧。」少女最後的聲音還在屋內迴盪，它突如其來的身影卻已澈底消失。

躲在角落裡的大小妖魔們，這才小心翼翼地抬起頭來，鬆了一口氣，「青龍大人好久沒來了，想不到今日竟然現身了。」

「是啊，它這次的模樣真好看，我上次根本沒看清它長啥樣。」

它們嘀嘀咕咕地議論著今日的奇遇。

時駿憋紅小臉，眼淚不停往下掉，終於憋不住，抱著他哥哥的大腿哭了出來。

「娘親，娘親怎麼會這樣，它還凶我，嗚嗚，我不要娘親了，嗚嗚嗚……」

傍晚時分，有人敲了敲時複敞開的屋門。

時複正坐在窗臺上，眺望海天之間緩緩下沉的夕陽，他在聽見聲音後轉過頭來。

看見來者是袁香兒和南河，時複站起身，低頭為禮。

雖然當時昏昏沉沉，但香兒救他於水火，南河大鬧赤石鎮，渡朔將他背出敵陣，胡青對他一路照顧，他都是知道的。

「我們晚上要出發去龍山，你和小駿在這裡等我們回來，好嗎？」袁香兒問。

「我想要跟你們一起去，這條海路不好走，我希望自己能盡一點力。讓小駿留在岸上就好。」

「可是……」袁香兒斟酌著措辭，不知如何寬慰這位少年。

「其實我早就知道它是一位什麼樣的人，我本來就對母親沒有任何期待。」時複無所謂地說，「只是讓小駿傷心了。」

雖然他嘴上這麼說，可是袁香兒清楚地記得，他在重傷之時，口中艱難呼喚母親的模樣。

這世間有渣男，當然也有渣女，顯然那位不負責任的母親，令苦苦期待的兩個孩子大失所望。

此刻，在雲霧繚繞的龍山上，青龍轉著手指上的托盤，高高興興地走進自己舒適奢華的巢穴。

那空闊的巢穴內盤踞著一隻巨大的青色龍軀，鱗片瑩瑩起光，龍角威風凜凜，雙目緊閉，呼吸勻稱，正處於沉睡之中。

「大人回來啦？」

「大人今日心情似乎不錯。」

幾位婀娜多姿的女性妖魔圍上前，為青龍更換衣物，捧上銀盆洗手漱口，奉上剛泡好的暖茶。

少女站在沉睡的龍頭前，那是它本體的真身，神龍一睡六十載，閒極無聊的它修出身外化身，以便在沉睡的時候也得以外出遊玩。

「今天很開心，找到了好吃的東西，還遇到了有趣的人。」少女在一張鋪設了柔軟皮毛的交椅上坐下，架起腳，享受著侍從的搥腿，又把自己今日新得的麵餅給它們看，「冷了好像就不香了，讓我給它熱一熱。我今天在人類那裡學會了怎麼熱這個，看我的！」

它一手轉著裝有披薩餅的鐵盤，一手像袁香兒那樣念誦起神火咒，巨大的火焰突然憑空出現，燒向冷卻的鐵盤。火焰過後，香酥柔軟的麵餅不見了，取而代之的是一塊黑漆漆的硬饃。青龍遲疑地咬了一口，迅速吐到地上。

「呸！什麼味兒。」它懊惱地看著被自己加熱失敗的食物，「可惜了，不能吃了。」

「大人時時去浮世，卻還是學不會人類的活計啊。」侍女們笑了起來。

「我喜歡浮世，但不喜歡人類那些繁雜瑣碎之事。」

青龍丟了不能吃的食物，在交椅上伸展四肢，舒舒服服地半躺著，「我只愛吃吃美食，四處遊蕩，再睡一睡自己看上的男人，漫漫時日也就不至於那麼沉悶無聊。」

侍女們笑了，它們服侍青龍成百上千年，早已熟知自己主君的喜好。

想到和自己交好過的那些男子，青龍的腦海中突然出現一雙溫柔而漂亮的眼睛。

它「啊」了一聲，一下坐直身軀，把為它搥腿的侍女嚇了一跳。

原來是它，那雙眼睛和今日憤怒地看著它的少年重疊了。

「原來他們說的是阿時啊？」青龍恍然大悟，它回憶了半天，方才慢慢坐下身，趴坐在椅墊上，看著海天之間緩緩下沉的夕陽。

侍女伸出手，輕輕地為它按摩肩背。青龍在舒適的按壓下，想起了數十年前的一段境遇。

「妳們還記得阿時嗎？」它問。

侍女溫聲回答：「記得，時郎君剛來的時候很不高興，每天都對我們板著一張臉。」

青龍輕笑了起來，「是啊，當時我路過山林，一看見它就愛得不行。剛開始的時候，他百般不同意，是我使盡渾身解數哄它，哄了許久才得到手的。」

它趴在柔軟的椅墊上，回想起那雙時時凝望著自己的眼眸。那眼眸中，彷彿帶著一點縱容和無奈，深藏無數欲說還休的愁思。自己曾經是多麼地喜歡那雙眼睛，為那和蒼穹一般漆黑的眼眸所迷醉。

記得自己即將前往人間的時候，那人一臉蒼白地看著自己，眼中滿溢著自己無法理解的悲哀，懷裡抱著兩顆自己吐出來的龍蛋，堅持要回他的族裡。

「那好吧，阿時，我先送你回去，等我回來了就去看你呀。」

青龍還記得那時候，自己是這樣對他說的。

過幾天就找個機會，去看看阿時吧。少女在躺椅上翻了個身，打了個哈欠，心中這樣想著。

皓月當空，海面上波光粼粼。

夜晚的大海比白日更加神祕且擁有魅力。海浪輕輕拍打著船身，海妖悠揚的歌聲，不知從何處隱隱傳來。

袁香兒一行坐在一艘魚骨帆船上，乘風破浪直向龍山行去。

那座山峰和往常一樣無法靠近，明明直衝著它行駛而去，卻不知道為什麼，總會在不知不覺中穿過它的地界，變幻到人們的身後去了。

直至夜半時分，子時到來，緊守在坤位的一船人，終於看見海面起了奇妙的變化。漂浮在海面上，如銀屑一般四散的月光，突然聚攏起來，那些月光慢慢浮上夜空，在空中凝聚成一座古樸蒼涼的銀輝拱門。

巨大的門洞之後，遙立著那座龍山，只有在此時，那雲霧繚繞的龍山才顯出了幾分真實感。

「這……這就是傳說中的龍門啊？」大頭魚人驚喜萬分，「活了這麼久，還是頭一回見呢。」

多目：「我倒有一次在午時看過龍門出現。那時海面之上仙樂齊鳴，一行衣冠飄飄之仙人魚貫而入，嚇得我鑽回海底不敢靠近。」

袁香兒停船，勸兩隻大妖回去：「不知道門後的海路存在著什麼，只怕不太好走了，此事和二位無關，就送到這裡，請回吧。」

兩人拚命搖頭：

「不行不行，阿香，妳看妳身邊，全是帶毛的，要是起個大浪，只怕沒人能撈妳。」

「就是，若妳出了什麼意外，那就吃不到好吃的東西了，我們誓死也要捍衛妳的安全。」

袁香兒被二人直接且毫不掩飾的話語逗笑了，也被兩人純粹的心意給感動。

大頭魚人的腦袋是一隻巨大的魚頭，下身是人類的雙腳，它舞動細長柔軟的雙手，站在船邊放聲歌唱。

雖然它的聲音不像人魚那般清悅，卻帶著一種十分具有感染力的歡快節奏。多目嘩啦嘩啦地開屏，胡青彈起琵琶幫它們伴奏。

南河站在船頭的最前方，遙望遠方的情形，它還在為昨日在樓梯間的事難為情，不論袁香兒怎麼喊它，都堅決不肯下來相會。

渡朔盤桓在空中，時不時傳來一聲鶴唳。

烏圓突然大呼小叫。原來它從船上的一個空桶中，發現了悄悄跟上船來、並躲藏在其中的時駿。時複怒火沖天，此刻龍門在望，卻也無可奈何，只能任由弟弟待在船上。

一時間小小的帆船上歌舞聲起，混雜著少年們上下追逐的歡笑。

袁香兒看著眼前璀璨流光的龍門，和身前這番熱鬧景象。

不知道從什麼時候開始，自己在這個世界上，已經有這麼多朋友了。

這樣一路熱鬧而開心，無懼艱險。

魚骨帆船緩緩駛進那扇龍門，門洞彷彿吞噬一切的巨口，沉默地看著穿過門下的這艘小船。

寶石一般平靜的海面上，靜靜地立著一個銀輝拱門。魚骨帆船蒼白的船頭，從銀光閃閃的柱子間慢慢駛過去的時候，所有人明顯地發現眼前的景色變了。

門前門後，一柱之隔，明明是同一片大海，卻是迥然不同的兩個世界。

船身之下的海水不再深沉渾厚，而是像玻璃一般清澈見底。即便是夜晚，也能看見海底有著一片片暗紅色的巨大橢圓形石片，人間珍貴無比的珍珠寶石、金銀寶箱，隨意地沉寂在石頭的縫隙中。

「哇，好多漂亮的寶物啊，都沉在水底呢。」時駿從船沿伸出腦袋，看著海底的寶物。

「看天空，你們看天空。」烏圓轉著腦袋，看向頭頂的天空。

頭頂的蒼穹不再墨黑一片，繁星組成的光帶自南向北橫跨而過，銀河流光，璀璨星辰。

「啊，這看起來好像……」

天空中彷彿有著一具由星輝構成的巨大骨架，拱衛蒼穹。月亮也不再是明月，混沌昏黃，居中一道暗色的分隔號，像是一顆古樸恆星，又像是毫無靈氣的眼睛，高懸夜空，默默注視著這個世界。

「我、我怎麼覺得，我們像是進到某個生物的肚子裡了。」胡青有些不安。鱗片，骨架，眼睛，還有那宛如心臟一般，駐立在海面的山丘，讓它有了進入某種屍骸內部的感覺。

「這是芥子空間，小世界。曾經有某位溝通天地的大能，用一具巨大的屍骸，煉製了這個獨立的空間。」渡朔抬頭張望著無邊無際的海面，「真是厲害，不知道是哪位煉器大能的手筆。」

「龍，這是龍骨，紅龍的骸骨。」大頭魚人哆哆嗦嗦地說著，滿腔熱血。激情洋溢地跟進來的兩位水族，被真龍遺留下的氣息嚇得互相抱在一起，瑟瑟發抖。

「咱們都稱這裡為『龍骨灣』，一直有一個傳說，此地是萬餘年前，神獸紅龍埋骨之地。」多目尖尖的牙齒不停打顫，「從未有人見過那位大人的骸骨，沒想到會在這裡。」

「紅龍大人就是青龍大人的生母。」生長在當地的大頭魚人和袁香兒補充道，「不過聽說青龍大人孵化的時候，紅龍大人已經死去多時了。」

「我父親也有這樣一個小世界。」南河站在袁香兒身邊輕聲道。那是一個晶瑩剔透的芥子空間，沒有任何危險和敵人，剛出生的幼狼可以肆無忌憚地，在那銀世界、玉乾坤中嬉戲玩耍，直至稍微長大。

「這是我為了讓你們更安全地長大，特意請朋友幫忙煉製的呢。」父親曾經梳理著小狼的毛髮這樣說道。

南河的幼年時期，便是在那一片安逸的銀白中渡過。以致於後來，在那些最艱苦的歲月裡，它喜歡藏身在冰天雪地的雪山間居住，獨自舔著毛髮，回憶幼年時的那一份溫暖。

船行悠悠，劃過清澈如鏡的水面，令人分不清水天之間的界限。

深海之下，一群人魚貼著鋪滿彩色鱗片的海底搖曳而過，龍山像是浮在水中的一顆心臟，生機勃勃地駐立在光潔的海面上。遠方偶有巨大而古怪的水妖，露出龐大的脊背，在海面一湧而過。

那位在萬年前就死去的母親，是否也是因為這樣的原因，才將自己的遺骸煉製成一個守護著後代的空間。

回身看時，身後的那道拱門已經漸漸消散，變得虛無不見。

前途叵測，後無退路。

「你們水族天生害怕龍族，還是先退到外面等我們吧？現在再不出去，恐怕暫時都出不去了。」袁香兒勸那兩位看起來威猛雄壯，實則從進來起，就一直抱在一起發抖的水妖。

「沒事的，阿香，光是進來這麼一趟，回去也夠我吹噓好久了。妳可能不知道，我的天賦能力是遠遁，可以在危險的時候隨機傳送到遠方。所以我不要緊的。」大頭魚人不好意思地摸了摸腦袋，「我可以指定的傳送地只有龍骨灣，別的地方完全隨機，也不能帶別人一起跑路。」

原來就是有這樣的天賦能力，所以它才如此富裕，並且總能找來千奇百怪的食材。

「那多目呢？你的天賦能力也是可以用來逃跑的嗎？」

「並沒有，嘿嘿，我的能力是視幻和假死。」多目瞇起十幾隻眼睛，「是讓人曾經的記憶浮現在空中，以及在必要的時候，能夠變成石頭假死過去。不好意思啊，阿香，我們兩個都不是戰鬥系的水族。」

大頭魚人人高馬大，多目滿身尖銳的魚鰭，擅長的技能卻是逃逸和假死，喜歡做的事是賣萌和湊熱鬧。

袁香兒哈哈哈地笑了。

笑聲未逝，船隻緩緩前行，平靜的海面驟然掀起一陣巨浪，大浪將魚骨小船拋上浪尖，一道漆黑的身影慢慢地從海面之下浮現出來。

八頭八臂，渾身漆黑，口噴煙霧，手持各色寶器，它的眼眶中沒有瞳孔，只有盲目的蒼白。

「擅闖者死！」水妖低沉呆滯的聲音響起，舉著手中的雷公錘，高高躍出海面，向著骨船撲來。

「我們是來拜訪青龍的，龍門開的位置和時間，都是它親口告知的。」袁香兒大聲向它解釋。

「擅闖者死！」那隻水妖目光呆滯，毫無反應，只會機械性地一再重複這句話，並氣勢洶洶、齜牙咧嘴地向著骨船撲來。

南河第一時間衝上前去，三拳兩腿，乾淨俐落地將那巨大的黑影撕成兩半。

「什麼嘛，明明看起來那麼嚇人，其實一點都不強。」烏圓鬆了口氣。

「還沒結束。」南河回到甲板，轉身看向身後。那漂浮在水面上的兩塊屍體，痙攣似地抖動著，再度站起身來，此刻黑色的海妖一分為二，變為兩隻四頭四臂的妖魔，白茫一片的眼中有了瞳孔，依舊神色呆滯地看著南河。

「它不是生靈，是一種煉製出來的法器，是煉製這個空間的大能，用來守護此地的傀儡。」渡朔提醒道。

龍山的洞穴內，少女趴在沉睡的巨龍頭頂上，陷入柔軟的鬣毛間，有些昏昏欲睡。

洞穴外的山坡上，不知道在什麼時候長滿了成片的紫色小花，那些頎長秀麗的紫色細碎花朵，在月夜下散發出淡淡的清香，令人放鬆而舒適。

青龍在一片細密朦朧的香味中，想起當年那個捲著袖子、站在花叢中的男人——

「阿時，阿時，弄這些泥巴做什麼？」

當時的它提著自己的裙襬，穿過還只有小小一簇的紫色花叢，飛奔到阿時的身前，挽著他的手臂和他撒嬌。

它的壽命過於綿長，在漫長的歲月中，流逝了太多重要的事物，以致於值得珍惜的東西，也漸漸變得虛無。它沒有親人，就連朋友也只剩下一隻和它一樣的大頭魚，和一隻煢煢孑立的獨腳雞。

每隔六十年，它便會出門遊歷一番，享用美味的食物，睡自己喜歡的人。

它喜歡美食盤桓在唇齒間的感覺，享受你情我願的快樂糾纏。

沒有人能拒絕一隻龍，一隻富有、強大、魅力十足且經驗豐富的生靈。

它成功征服過無數的人，而站在花叢中的男人也是其中之一。

現在回想起來，它真的很可愛，雖然最初的時候百般不同意，但在自己使出渾身解數來勾引後，他最終還是點了頭，敞開身心成為了自己的人。那段日子他們日日纏綿，過得十分快樂。

「這種花的香味有助於睡眠，會讓妳睡得更舒服一些。」阿時拿著鋤頭，站在花叢中，帶著淺淺的笑看著它。

「傻阿時，我們龍族六十年才睡一次覺。我才剛醒沒多久，距離下次沉睡還久得很呢。」它點了點阿時的鼻子，用一張天真無邪的面容笑著說，「別弄這個，不如來做點快樂的事吧？」

阿時的眼中便透出一點它不太理解的悲涼和縱容。是的，阿時是一個很好的情人，總是由著它，縱著它，使得它舒適幸福。

紫色的花叢被他們壓倒了一片又一片。

「我記得以前，阿時總是種不好這些花，是什麼時候長出這麼多的呢？」趴在龍頭的少女含含糊糊地問道。

侍女們相互看了看，青龍大人的情緣一向豐富，忘性也大，沒想到還能將那位時郎君略微放在心上。

「這些花在這裡長了六十多年，又沒人折騰，自然就漫山遍野了。」侍女們輕笑著說。

但是大人，您是不是忘記了，那位郎君可是稀有而短壽的人族，六十年過去了，他未必還活在這個世界上。不過即便想起，大人也未必會在意吧。

遠處的海面傳來隱隱約約的聲響。

青龍一下來了精神，抬起頭顱，「啊，真的來了嗎？」

「什麼人？竟然會有外人闖入？多少年沒有遇過這樣的事了。」侍女們吃驚地圍向洞門外。

「是我，是我特意把龍門開啟的時間和方位，告訴那個人類的。」青龍一下翻身坐起，得意洋洋地晃動著自己的雙腿，「我遇到一個高傲的人類，她竟然說世間還有許多我沒有吃過的美食。所以我答應她，只要她能來到我的面前，做幾道罕見的菜肴給我吃，我就把她想要的水靈珠送給她。」

「嘿嘿，我就看他們有沒有這個命到達這裡。」青龍不知道什麼時候翻出一顆透明的玻璃珠，細膩的手指滴溜溜地轉著那透明的珠子。那珠子看起來平平無奇，卻在青龍轉動之時，整個海面的水氣頓時發散蒸騰。

「大人，您也太隨便了。」生長在這個小世界中，服侍了多年的侍女不滿地嗔怪道，「水靈珠是龍族至寶，您就這樣許諾出去？」

「這世間本來就沒有什麼寶貝比快樂更重要。」坐在龍頭的少女摸了摸自己沉睡的身軀，「只要能開心，我什麼都捨得。」

「算了，其實也沒什麼大不了的。」侍女掩嘴笑道，「反正還有天吳守著龍門呢，便是大羅金仙都未必闖得進來。」

「天吳？我討厭那個傢伙。」少女的眉頭緊皺，「它從不聽我的號令，只知道死死守住龍門。」

「您怎麼會這麼想，那可是您的母親紅龍大人留給您的東西啊。」

母親？青龍無法理解母親是一種什麼樣的存在。從出生起，它就沒有見過母親和父親。它獨自在這個世界裡誕生，並迅速學會了自己長大。過了許久之後，才有人告訴它，這裡的大地是母親的鱗片，天空是母親的骨骼，日月是母親的眼睛。它的母親用骸骨為它構建了一個安逸的巢穴。

對它來說，母親便是洞穴內冰涼的石頭，高不可及的天空，和無法抵達的深海。

青龍從龍頭上跳下來，走到洞穴外扶著冰涼的石頭，看著遠處海面上一波波冒起的青煙。

一分為二的天吳再度攻上來的時候，南河發現剛剛還不堪一擊的它，已經能跟上自己的攻擊速度。

這隻傀儡彷彿已經能預測自己出招的角度、方向和時期，死死封住自己每一次的攻擊。更是利用二對一的優勢，對自己展開了猛烈的夾擊。就像同時和兩個自己戰鬥一般，南河頓時感到了壓力。

「我去幫忙。」袁香兒準備出手。

身旁的渡朔卻伸手攔住她，它緊皺著眉頭，在袁香兒不解的目光中搖搖頭，「再忍耐一會兒。」

時複盤坐船頭，雙手成訣，幾株粗大的豆蔓從海底破土而出，生長著衝出海面，扭轉的藤蔓將兩隻魔物一口吞噬，包裹在瘋狂生長的植物的藤蔓間，死死纏繞勒緊。

南河的星辰之力及時降下，順利結束了兩隻妖魔的性命。

妖魔的屍身掉落在甲板上，「看我燒了它，省得它再活過來。」烏圓猛吸一口氣，鼓起小小的胸膛，噴出一股灼熱的火焰，燒在那兩具屍體之上。

沉靜了數秒鐘的屍體，突然在烈焰中重新扭動起來。

「怎，怎麼會！」烏圓不敢置信，接連噴出一團又一團的火球，但那兩具天吳的分身，依舊在火焰中扭動著身軀，隨後站起身來，化為雙頭雙臂的四隻魔物。

這四隻魔物的眼眸不再呆滯，轉動有靈，身軀的顏色也不再是漆黑一片，而是帶了一層漂亮的金色，雙手各持的法寶靈氣流轉，雷鳴陣陣，如金身神靈降世，空中隱有梵音繚繞。

四名金人的其中一人，衝著烏圓噴出一團火焰，那火焰幾乎和烏圓剛才全力以赴吐出的火焰一模一樣，甚至更為灼熱。烏圓猝不及防，直接被火焰掀翻，幸得袁香兒及時接在手中，飛快撲滅它身上燃燒的烈火。

船頭的時複才剛要起身，海中巨大的藤蔓突然不再受他控制，扭轉而下，一把將他束在空中，漫天的隕石從空中砸下，瞬間將時複砸入深海。

大頭魚人立刻跳下海面，「別急，別急，我去撈他。」

片刻之前還十分輕鬆的戰鬥，突然變得異常艱辛。

袁香兒和渡朔不得不加入戰局，她這才明白渡朔不讓自己提早出手的原因。

這個不知道是由什麼材質煉製的傀儡，幾乎有奪天地造化之功，每一次死亡都具有學習複製的能力，它能在復活之後，立刻學會殺死他之人的所有招式能力，並且分出多一倍的分身加以還擊。

此刻，袁香兒等人就像是同時面對著四個具有南河、烏圓和時複等戰鬥能力的敵人。

更可怕的是，即便戰勝這一波，敵人肯定會以八倍的數量，學習袁香兒和渡朔的天賦能力，對他們施以反攻。

這會是一場艱難的苦戰。

——〈妖王的報恩〉未完待續——

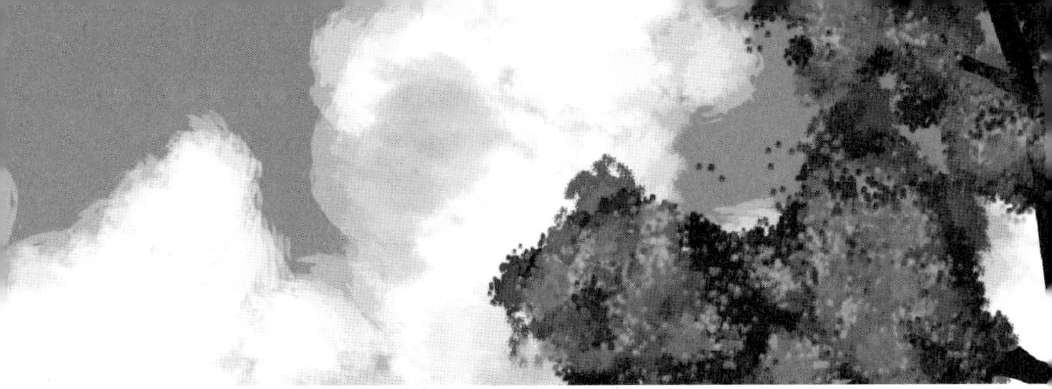

高寶書版集團
gobooks.com.tw

YE 058
妖王的報恩（卷三）羈絆

作　　者　龔心文
責任編輯　眭榮安
封面設計　虫羊氏
內頁排版　賴姵均
企　　劃　何嘉雯

發 行 人　朱凱蕾
出　　版　英屬維京群島商高寶國際有限公司台灣分公司
　　　　　Global Group Holdings, Ltd.
地　　址　台北市內湖區洲子街 88 號 3 樓
網　　址　gobooks.com.tw
電　　話　(02) 27992788
電　　郵　readers @ gobooks.com.tw（讀者服務部）
傳　　真　出版部 (02) 27990909　行銷部 (02) 27993088
郵政劃撥　19394552
戶　　名　英屬維京群島商高寶國際有限公司台灣分公司
發　　行　英屬維京群島商高寶國際有限公司台灣分公司
初　　版　2023 年 10 月

原著書名：《妖王的報恩》由北京晉江原創網絡科技有限公司授權出版。

國家圖書館出版品預行編目 (CIP) 資料

妖王的報恩．卷三，羈絆 / 龔心文著．-- 初版．-- 臺北市：英屬維京群島商高寶國際有限公司臺灣分公司，2023.10
冊；　公分．--

ISBN 978-986-506-838-7(第3冊：平裝)

857.7　　112015856